O Calor das Coisas

OBRAS DA AUTORA:

GUIA MAPA DE GABRIEL ARCANJO (Romance)
MADEIRA FEITA CRUZ (Romance)
TEMPO DAS FRUTAS (Contos)
FUNDADOR (Romance)
A CASA DA PAIXÃO (Romance)
SALA DE ARMAS (Contos)
TEBAS DO MEU CORAÇÃO (Romance)
A FORÇA DO DESTINO (Romance)
O CALOR DAS COISAS (Contos)
A REPÚBLICA DOS SONHOS (Romance)
A DOCE CANÇÃO DE CAETANA (Romance)
O PÃO DE CADA DIA (Fragmentos)
A RODA DO VENTO (Romance Infantojuvenil)
O CORTEJO DIVINO (Contos)
PRESUMÍVEL CORAÇÃO DA AMÉRICA (Discursos)
ATÉ AMANHÃ, OUTRA VEZ (Crônicas)
VOZES DO DESERTO (Romance)
APRENDIZ DE HOMERO (Ensaio)
CORAÇÃO ANDARILHO (Memórias)

Nélida Piñon

O Calor das Coisas

CONTOS

7ª EDIÇÃO

EDITORA RECORD
RIO DE JANEIRO • SÃO PAULO
2012

Capa e Projeto Gráfico
Evelyn Grumach

CIP-Brasil. Catalogação-na-fonte
Sindicato Nacional dos Editores de Livros, RJ

Piñon, Nélida
P725c O calor das coisas / Nélida Piñon. – 7ª ed. –
7ª ed. Rio de Janeiro: Record, 2012.

1. Conto brasileiro. I. Título.

CDD 869.93
97-1287 CDU 869.0(81)-3

Texto revisado segundo o novo Acordo Ortográfico da Língua Portuguesa.

EDITORA RECORD LTDA.
Rua Argentina 171
Rio de Janeiro, RJ – 20921-380
Tel.: 2585-2000

ISBN 978-85-01-05123-3

Sumário

O Jardim das Oliveiras 7
As Quatro Penas Brancas 33
I Love My Husband 51
O Ilustre Menezes 61
Finisterre 79
Tarzan e Beijinho 93
O Revólver da Paixão 103
Coração de Ouro 111
O Sorvete É um Palácio 119
Disse um Campônio à Sua Amada 133
A Sereia Ulisses 143
O Calor das Coisas 157
A Sombra da Caça 163

O Jardim das Oliveiras

É URGENTE, ZÉ. Ao menos para mim, herói de um episódio anônimo, autor de um hino cantado em agonia e silêncio. Logo que abri a porta, o homem me pegou pelo braço. Não adianta fugir, ele disse. E seu gesto não foi de ladrão, de quem vai contra a lei. Parecia certo dos próprios atos, não se importando que os vizinhos o surpreendessem. Tinha olhar de vidro e o seu nariz, como o meu, era ligeiramente adunco. Não lhe vi sinal particular na cara. Ah, Zé, como a alma é uma gruta sem luz.

Segui-o esbarrando contra as paredes, o sangue me havia deixado ainda que eu o reclamasse de volta. Passamos pelo porteiro entretido com a empregada do apartamento 203. Um cabra safado e inútil. O sol arrastara o bairro para a praia, não via almas na rua. Dentro do carro, em frente ao prédio, três rostos anônimos me aguardavam, meus algozes, meus companheiros de vida. Um crioulo, um mulato e um branco, a etnia carioca. Quem sabe jogamos futebol juntos, no passado choramos com o gol que justamente dera vitória ao Flamengo. Não levaram em conta a minha cara amedrontada, fui jogado no banco traseiro com desprezo. Para quem mata é sempre cômodo designar os covardes. Agiam, porém, com discrição, de modo que eu voltasse para casa livre das suspeitas dos vizinhos. Ninguém também me reclamaria o corpo.

Eu tinha certeza de que tomariam o Rebouças. Na Barão de Mesquita, o meu coração era um paralelepípedo. Cruzamos apressados o pátio, vencíamos corredores e mares. Havia na sala unicamente três cadeiras, um de nós ficaria de pé. Nenhum sinal de arma à vista, a mesa nua, as paredes descarnadas. Ou eu é que terei desejado os instrumentos que levam o corpo ao fino desespero, sonhado com a guerra, desenvolvido instintos assassinos?

O medo grudado na pele ia-me asfixiando, os poros logo entupiam-se de ânsia e vontade de vomitar. Havia, porém, na consciência uma brecha através da qual eu implorava aos intestinos, ao ventre, à alma, que não me humilhassem uma vez mais. A memória revivia a tortura, a dor florescente, a cabeça estilhaçada em mil estrelas, a calça borrada de merda, a urina solta pelas coxas até alcançar a unha do pé. A desesperança de saber que a dignidade dependia de um corpo miserável a serviço da força alheia. Você, Zé, é rijo como um cabo de metal, não pode compreender os desmandos de um homem, aceitar os desconcertos da terra. Mas, a verdade é que sou um covarde, nasci com medo e morrerei sob a intensidade deste astro. Falta-me valentia de puxar o gatilho contra a minha cara, ou a do inimigo. Quem me fere mais que os meus desígnios? O medo dorme no meu travesseiro, trato de domesticá-lo, torná-lo amigo. Sei que você me afaga a cabeça, quer encaminhar-me ao heroísmo. Sinto muito, Zé, mas não sou herói. Nunca mais serei. Não sei mais como encontrar o antigo fogo cego que me iluminava no corredor sem-fim.

A sorte me regalou uma cadeira. E o bafo quente dos inimigos, que vinha em ondas. Às vezes, se aproximavam, logo bem distanciados, para eu medir a fragilidade do destino. O branco especialmente devotava-se aos círculos, designara-me o eixo em torno do qual girariam. Evidentemente odiava-me, mas certa elegância no corpo não o deixava matar-me. Acima do gozo pela minha morte, havia seu outro prazer secreto. A reverberação do meu rosto em chamas impedia detalhado exame das suas feições contraídas. Foi dizendo, é rápido, mas pode demorar, se não colabora. Estaria eu ainda em meu país, e incitava-me a traí-lo, ou era um estrangeiro que contrariava frontalmente os interesses de uma pátria humana?

— Não sei de nada. Tudo que sabia confessei há nove anos.

— Não precisa nos recordar. Sabemos de tudo. Foram exatamente nove anos, três meses e onze dias. Em março, já poderá festejar o décimo aniversário.

Magro e desenvolvido, os anos haviam-lhe ensinado a interrogar um homem sem ceder às súplicas de um olhar. Da minha cadeira, via-lhe os avanços e recuos, e não pretendia exacerbar-lhe as funções.

— Onde está Antônio?

Todos sabíamos que Antônio estava morto. Quem sabe ele próprio o teria assassinado, fora o último de um longo cortejo de torturadores. E por isso capaz de descrever em detalhes o corpo de Antônio em chagas, rasgado por alicates, cortado pelas lâminas e pela raiva, expulsando o sangue em golfadas, o olhar empedrado que até o final evitou a palavra que, condenando os vivos, melhor teria esclarecido os últimos instantes de um homem.

Ou será que se referiam a um outro Antônio, o das Mortes, o do Glauber? Recuei sem ter para onde fugir. Sem tempo para análises.

— Mas que Antônio? — e temi hostilizá-los com a pergunta.

— Você sabe de que Antônio falamos. Para vocês só existe um Antônio. Nenhum outro existe no mundo.

Metiam o estilete no meu peito. Dispensavam os recursos fartos e cheios de sangue. Confiavam na agonia que diariamente me assaltava, na minha consciência imolada pelo medo e o remorso. São uns filhos da puta, Zé. E não só porque me podem ferir, humilhar meus órgãos, expô-los ao opróbrio da dor e da covardia. Pior que o corpo aviltado, é não me deixarem esquecer que lhes dei as palavras que arrastaram Antônio ao cativeiro. Embora não tivesse sido o único a traí-lo, forneci os detalhes que justamente ao descrever seus hábitos, a cara forte, sua agilidade em escalar telhados, o ar de felino, seus esconderijos, compuseram a narrativa que de tão perfeita exigia a presença de Antônio para darlhe vida. Não podia ele privar-se de uma história que se fazia à sua revelia. A morte dependia do seu consentimento para tornarse real.

Foi tão pouco, não é? Tão pouco, que me ficou como herança um pesadelo que disfarço diariamente. Não quero admitir que Antônio é um tormento mastigado a cada garfada, o excesso de sal de todo repasto. Não vivo sem a sua sombra, você e eu sabemos. Ele trepa junto comigo. Vive graças ao meu empenho, divido Luíza com ele.

Inclinei a cabeça, para que não me vissem a vergonha e o ódio. Ao mesmo tempo, o gesto assegurava-lhes que estando eu de acordo por que continuar com a farsa. Eu era o que eles me designassem. Eu era as palavras arrancadas à força, era a covardia que eles souberam despertar em mim, e antes me fora desconhecida. E era ainda a vida que eu descobrira preciosa entre os suplícios infligidos. Não parecia exatamente uma herança que eu pudesse explorar em meu favor. Quis gritar, não basta me possuírem, me escravizarem com grilhões invisíveis, querem ainda que eu lhes lamba os colhões desumanos?

— Vamos, fale logo. Onde está o Antônio?

Não desistiam. Tinham mãos nervosas, cheias de recursos, e de que se orgulhavam. E nelas não se viam manchas de sangue, ou calos, por espremerem as juntas dos inimigos. Parecidas com as minhas mãos, com as do meu pai, as da família a quem se entrega o sono desprevenido. E, no entanto, elas enterraram Antônio perto do rio, segundo se dizia, para a enchente levá-lo entre os escombros dos barrancos. Assim, nenhum amigo confortou Antônio com prantos e flores. Ou acariciou o que havia sobrado do seu corpo. Embora não pudessem os algozes impedir que os proclamas de sua morte em meio à prolongada tortura corressem o país. Eles defenderam-se, como nós bem o sabemos, acusando-o de desertor, de haver trocado os ideais revolucionários por Paris, seu novo lar.

— Não tenho visto Antônio — disse-lhes de repente, querendo minha vida de volta. O prazer de pisar de novo as ruas. Ainda que sob a constante ameaça de perder rosto, identidade, país. Há muito me haviam sonegado a língua, a terra, o patrimônio comum, e eu resvalava na lama, que era o meu travesseiro. Um pária que não contava com a herança do pai. Não me podiam cobrar o que já não lhes havia cedido. Pertencia-lhes como um amante, embora sofresse o exílio da carne.

O sorriso do homem aprovava o rumo da minha servidão. Não o tem procurado, viram-se em algum bar? Onde podemos encontrá-lo no Rio, ou em São Paulo?

— Não sei de Antônio. Sempre desapareceu sem avisar. É o jeito dele. Quando volta é como se nada tivesse acontecido.

— E não tem notícias suas — o mulato tomou da palavra, assumia o esplendor daquela hora.

Cercado pelas chamas dos olhos inimigos, aspirava a respiração dos três homens que me haviam atraído até ali somente para eu provar de novo o gosto seco do medo, a rigidez da violência. Onde estivesse na terra, arrastaria comigo os seus emblemas. Ah, sim, me lembro agora, vi-o uma vez à saída de uma sessão do Cinema I. Havia gente demais, gritei seu nome, ele falava com entusiasmo, tinha amigos perto, infelizmente não me ouviu. Na Prado Júnior, quando o procurei, já havia desaparecido. Isto foi no ano passado, acho que em dezembro, fazia muito calor.

— E ele, mudou muito?

— Não. Um pouco mais gordo. E agora está de bigode.

As perguntas e respostas iam compondo um novo Antônio nascido da aspereza dos nossos dedos mergulhados na argila. Quanto mais falávamos, depressa Antônio recuperava diante de nós o ardor familiar a eles e a mim. Com o nosso empenho conquistáramos o direito de ressuscitá-lo. Nós o tínhamos tão próximo que praticamente o acusávamos de haver-nos abandonado sem cuidar da nossa aflição, levado apenas pelo prazer de inquietar amigos e carrascos. Ou simplesmente pela arrogância de alimentar uma legenda heroica.

O suor da minha camisa não mitigava a sede. Ainda que eu pedisse, não me deixariam beber de um líquido envenenado pelo temor e o delírio verbal. O jogo custava-me vida e honra, mas era o preço a pagar-se para ganhá-las de volta. Acaso pensavam que me podiam arrancar a vida porque me faltaria a coragem de usar uma vez mais as palavras que me matando por dentro abriam-me a porta para esta mesma vida?

Eu sei que a palavra é a vida. Mas, o que dizer dela quando se distancia do arrebato popular e perde função? Eu sei que a vida prova-se com a palavra, mas quando nos é ela extraída à força e ainda assim a vida nos fica, não é a vida o único tesouro com que se recomeça a viver? É o que venho fazendo, Zé, diariamente averiguo o nível de água dessa minha existência. Um reservatório em que combato visando a outra margem, da qual logo me expulsam ao estender o braço querendo repouso. Um dia, me vingarei. E não será vingança jamais esquecer meus algozes, ser a memória viva daqueles instantes, do que em mim sobrou retalhado e sem altivez? Seus rostos colados ao meu refletem-se no espelho quando faço a barba. Algumas vezes a mão treme, sonho em mutilar no meu rosto aquelas caras pacientes e frias.

Antônio encontrava-se naquela sala. Vivo, ardente, combatendo o mundo em tudo igual ao que havia deixado antes de partir. Não sei se o crucificávamos, ou ele a nós torturava. E quando afinal parecia fumar entre nós, constrangido ao lado de quem o traíra, o homem branco disse, exigiremos você outras vezes. Antônio é um terrorista, um assassino de mulheres e crianças. Devemos encaminhá-lo à Justiça.

Deu-nos as costas e saiu. Logo me encaminharam à cela vazia, ninguém disse uma palavra. O meu destino não tinha pouso na terra. Se desta vez não me supliciaram, pela manhã se devotariam às práticas em que eram mestres. E se não lhes bastasse o dia seguinte, me reteriam por uma semana, um mês, e a vida se escoaria delicada sem que a reclamassem, ou a defendessem. Até você pensaria que enfarado finalmente eu trocara o Rio por Paris. A minha prisão não desperta suspeitas. Não é verdade que também vocês há muito me condenaram?

Eu mal via os objetos em torno. Estendi-me na cama com medo de repousar sobre um morto. Quantos mortos e feridos não me precederam ali. O mau cheiro vinha dos corredores, das frestas. Perseguiria os cães vadios da madrugada. Do lado de fora dos prédios. De repente, eles apareceram. Talvez no meio da noite.

Pareciam não me haver abandonado. Em desesperada busca de Antônio. Precisavam dele como eu ali estava a vender uma vida acanhada e medrosa. Mas, contrário ao que pensava, eu logo vi o céu aberto. De novo cruzamos o pátio e, no carro, o mesmo silêncio. Eu não podia confiar neles. Talvez a decisão fosse matar-me no matagal, o corpo encontrado em decomposição. Crime banal, seguramente o otário levando dinheiro na carteira havia reagido. Então percebi que tomavam o caminho da casa. A vida se recupera numa esquina conhecida. Despediram-se sem uma palavra e, jogado perto de casa, provavam conhecer os meus hábitos, os bares a que ia, os meus passos. Acalentavam o sangue e o suor de um país com o torniquete da naturalidade e da supremacia.

Advirto-o assim, Zé, que temos Antônio de volta. A padecer entre nós da mesma pulsação rítmica que a vida expele. E só porque não se conforma com o miserável cotidiano brasileiro, decidiu deixar-nos. A vida o ocupa de tal modo que lhe falta tempo agora de visitar amigos, chorar em seus ombros, repartir o pão das palavras com os que foram privados da esperança. E por que nos viria ver? Especialmente a mim, a quem despreza, eu que, ungido pelo medo e a ameaça, descrevi-o a ponto de facilitar-lhe a captura? Será que o coração de Antônio sabe perdoar, esforça-se em compreender os que claudicam? Sem dúvida, sou o seu avesso. Aquela contrafação de carne que a piedade humana obriga a arrastar com dificuldade. Sem Antônio perceber, no entanto, que apesar dos estragos em mim realizados sou ainda uma das suas histórias. Asseguro-lhe nome e rosto com a versão que dele faço constantemente. Tornei-me o rastro dos seus feitos, a maculada poeira do seu calvário.

Ao mesmo tempo que ressuscitamos Antônio, tenho a consciência marcada de modo a jamais esquecer que lhes fico outra vez mais devendo a vida. Eles que me puderam matar e não o quiseram. Devo-lhes tanto o que sou que, juntos, reconstituímos Antônio, fizemos a vida pulsar de novo no centro do seu coração amado. Terá sido desonroso reviver Antônio? O poder não fragiliza apenas a quem domina. O poder educa para que não esqueçamos as suas lições. Mas, como será quando a lição passar a ser aplicada por nós, povo pálido e submisso?

Amanheci com dor de cabeça. Talvez pelo maldito camarão do jantar de ontem. Luíza não quis hoje receber-me. Insisti, é urgente. Claro que não lhe falei das indisposições físicas, da periódica agonia do medo, do episódio recente. Diante dela sou belo, pungente e mentiroso. Desculpou-se delicada, precisava ficar só. Simulei compreender o seu estado, outra vez a prisão da cortesia. Ou a prisão do amor que me regala com o esquecimento, a única masmorra a indicar o caminho do futuro.

Não me custa agora enfraquecer a voz, recolher-me a casa aos primeiros sinais da derrota, da admoestação e da censura. A submissão é uma virtude social sem a qual, ao menor conflito, enfiaríamos a faca no coração desprevenido do vizinho. Aprendo depressa a acomodar-me entre os tijolos da vida, estas quatro paredes sinistras. A assimilar atos de obediência que, uniformizados, e em sequência, não chegam a doer. Também não ardem. E isto desde o gesto mecânico de escovar os dentes ao despertar. Não fosse assim, quem aceitaria o travo e a amargura da minha boca insone, a quem haveria de beijar?

Sozinho em casa, elimino os gestos brutos, apronto-me para as visitas que não virão, esmero-me para o carcereiro habilitado a visitar-me sempre que a minha ausência lhe doa. O relógio e o tempo coincidem numa quarta-feira. O que se pode esperar de uma criatura fiel ao Estado a cobrar-lhe obediência como meio de assegurar à coletividade uma existência feliz? E que expulsa do seu corpo social todo e qualquer organismo infectado de pus, palavra e ação rebeldes.

Moderado e elegante, besunto-me de essências. O que sei do meu rosto, me é suficiente. Bastam-me as pequenas atenções do cotidiano. Não se aconselha a amar a própria perplexidade. Mas acomodar-se à vida possível e transcrita na Bíblia. Serei um acomodado? E quem não é. Dizer bom-dia não é então sancionar a existência do inimigo, e acomodar-se à sua estratégia? Ah, Zé, quantos capítulos são diariamente redigidos numa infindável série de resignações. Até mesmo quando gritamos puta, merda, caralho, estamos a consagrar a linguagem coerciva da escatologia oficial. Estas exclamações do arcabouço linguístico dos ingênuos que se satisfazem com falsetes que o meio social sabiamente absorve e atenua.

Apesar de tudo, trago comigo algumas perguntas. Nem todas palavras sufoquei. Boiam elas no meu bolso, junto ao travesseiro. Dificultam o meu sono. Sei bem que todo gesto meu é passível de pena, e que nem com o conhecimento da lei conduzir-me-ei de modo a vencer os alcances desta mesma lei. Para cada ato meu em surdina há uma lei à escuta. Quem sabe não estará o vizinho a esta hora a delatar-me junto às autoridades sanitárias e repressivas. Justamente o vizinho que honra a vida reproduzindo no seu quarto a espécie humana. Não estou isento de culpa quando me atribuem uma culpa. Me podem nomear culpado a cada instante, e de que servirá a proclamação de uma inocência em que eu mesmo não creio?

E com que direito protesto, se fortaleci quem tinha a arma na mão, dei-lhe a munição que escasseava. Mas, não quero padecer acima de minhas forças. Afinal, Adão e Eva resistiram menos que eu e tinham só a Deus que enfrentar. A história designou-os vítimas de um arbítrio por parte de quem havia ousado criar a terra. Diga-me, tem força quem gera força, ou força tem quem sabe administrar uma força que lhe foi emprestada?

Somos tão frágeis, Zé. Basta que me cortem o pulso para sangrar até a morte. Será por isto que cobramos do outro um despotismo que ao mesmo tempo que nos governa também esconde a nossa fraqueza? Queremos o arbítrio, a prepotência, o poder, e nos omitimos quando eles se revelam. Desde que um bando de desesperados construiu a primeira nau, e com a qual venceriam o oceano, exigiu-se que um punho de ferro a capitaneasse, marcasse o rosto popular com largas cicatrizes como prova de autoridade. Assim, até a aventura e o sonho nasceram comprometidos. O que a princípio parecia grandeza visou o palco para louvar e divulgar os próprios feitos. A generosidade sempre se manifestou de acordo com as leis, e nunca as transgrediu. Não há bondade neste hemisfério sem *referendum* oficial.

Sob que manto, Zé, esconde-se o poder, em que regaço? Estará entre os que acode depressa aos mais altos postos, os que morrem gratos com a morte, os que sorriem apesar do olhar acuado e a vida em postas de sangue? Ou entre os que apunhalam e gritam e uniformizam e tiranizam e não cumprem? A terra é áspera com os rios em fúria, a lavoura malograda, os animais febris. Uma natureza que ruge para assim indicarmos aqueles que, em nossa defesa, superam a tormenta e logo enamoram-se de seus encargos. Como se o poder e a natureza em aliança esculpissem no homem rígidas regras de bem viver.

No rádio, um chorinho brasileiro. Estou só, como já lhe disse, e Luíza não virá. O sanduíche é frio, sua alma gordurosa. Desfaço-me dele e das palavras em mim ordenadas por quem pensou na minha frente. O que fazer quando até mesmo as palavras originam-se de um material envelhecido, que se confunde com a morte. Não há vida real no planeta. Tanto melhor, livro-me assim da insensatez e da desordem. Se sou herdeiro de uma cultura voltada à renúncia, por que não abdicar da rebeldia e do inconformismo. E com os dentes rijos abocanhar os pedaços de vida que arrastam o peixe do prazer em sua rede.

Nada mais quero que amar aquela mulher. Abdicar da perspectiva coletiva e concentrar-se no universo pessoal é a essência da felicidade. O mundo passa a ser você. Ela e eu, ainda que Luíza me vire o rosto e a arrogância a enalteça. É tão harmônica que seus desejos cumprem-se em horário determinado. Ela tornou-se um dos pilares do poder, especialmente as suas coxas. E sendo seu amor mais frágil que o meu, banca ela faustamente o jogo humano. Tudo faço para cravar-me entre as suas vértebras como uma lança. Juntos assim costuraremos as rendas e os afagos que formam um lar. E, sob tal abrigo, os carrascos irão encontrar-me. Cheio de correntes, doçuras, orçamentos, projeções futuras. A quem arranharei com as unhas aparadas?

Aspiro com Luíza a limpidez e a vida cristalina. Um coração transparente e as paredes da casa de vidro. Quem olhe dentro verá o repertório de que me componho, sem o socorro de fichas e cadastros. O Estado é a eterna visita em minha casa, mesmo quando dela se ausenta. E, sendo ele assim meu amigo, a vida torna-se compatível sob seus cuidados.

Lembra-se daquelas folhinhas povoadas de santos e provérbios moralizantes que as farmácias distribuíam? Ungidas todas pelo suor popular? Eram elas sábias, não excluíam as agruras do cotidiano, as receitas de bolo e os modestos atos humanos. Previam a poupança e, claro está, o receituário farmacológico. Humanas, jamais antagonizaram o ano que decorria, assim como o terço nas mãos dos que choravam. A tranquilidade destes calendários é que busco, como se recuasse no tempo. Jamais empunharei de novo uma espada mesmo quando o seu uso obedeça à urgência de vingar um povo ultrajado. Não tenho inimigos, ou melhor, eles não têm nomes e rostos. Solidarizo-me com a miséria nas telas do Cinema I. Passarei pela fome brasileira com o orgulho ferido, mas sob a tutela do meu automóvel de prata. O próximo comove-me sem dúvida, mas meu destino não se comprometerá em sua defesa. Despojado da fraternidade, instigam-me a aplaudir as famílias poderosas, que se expandem segundo o número de suas fábricas e o volume dos créditos fornecidos pelo Banco do Brasil. Não quero descendência, mas um esperma seco e apático. A memória dos ancestrais não me diz respeito. Os retratos amarelos falam-me sim de mortos, logo os queimarei. O mesmo faço com as cartas, a memória, com o meu rosto pálido. Só vale a história forjada, só tem valor o homem de palha.

Sou um animal que ao lado das derrotas contabiliza o medo. Quem me educou foi este país onde vivo, amo, sou o que me permitem ser. Nada peço além da minha extraordinária felicidade. Em seu nome, abdico da consciência social. Feita de levedo e farinha rala. Estou livre, Zé. Livre como um polvo embaralhado nas próprias pernas. Livre como um cordeiro sacrificado e o pão ázimo perseguido. Renunciei ao destino do homem pelas moedas de bem-aventurança que hoje arrasto e bem atadas aos pés.

Nasci pelas mãos de minha mãe, mas morrerei sem o socorro da sua vagina. Tenho a vida determinada por um começo e o fim. E, embora sujeito e objeto da história, este começo conheceu data, ano, local, horas precisas. A carteira de identidade facilita, aliás, meu trânsito pela terra.

O meu fim será canalha. Sujeita-me a critérios e circunstâncias que não elegi e de que não posso escapar. Logo confirmado este final, a consciência será automaticamente expulsa de mim para mergulhar na merda. Unicamente a história, testemunha do lado de fora do corpo, registrará a cena da qual sou protagonista e que porá término à minha biografia. Então se sucederão o vazio e o esquecimento, eventualmente as especulações históricas.

A nossa morte, Zé, pertence a quem a assiste e aos que a descrevem. Não somos a nossa morte. Mas uma prolongada agonia a que faltam palavras com que explicá-la perante nós mesmos. E este fim é o medo, o fim justifica a dignidade precária. E as palavras que definem este estado me são emprestadas por uma coletividade igualmente acuada. Razão pela qual tenho o direito de subscritar qualquer documento que estejas agora escrevendo. Do mesmo modo que todo texto de minha lavra pertence ao vizinho que também escreve em meu nome a história da minha miséria. Mas que maldita aliança é esta que mistura os nossos sangues e forma um só destino? E que me obriga a acompanhar o desterro de um homem próximo a enfrentar o pelotão de fuzilamento, ainda que não cuide da sua sorte. E sentir-me a futura vítima quando acorrentem quem ousou transgredir e protestar. Saiba, pois, que a minha covardia pertence-lhe enquanto não tiver a coragem de proteger-me, de expulsá-la da minha vida para sempre.

Uma vez que não posso arbitrar sobre a minha vida, pois encontro-me sob a tutela da violência e do absolutismo, passo a vivê-la pela metade. Assim, quem sabe do meu destino não sou eu. É o outro. Quem me assalta na esquina é dono da minha vida. Me faz suicidar-me. Me faz desaparecer, apaga a minha memória, escasseia os dados que me registram. O outro é o que sou enquanto sou o que ele destrói em mim sem me consultar. E seguramente me perderei, quando me queiras salvar. Minha salvação restringe-se a prazos curtos. A morte me convoca segundo arbítrio próprio. Sou uma zona sobre a qual o poder e a guerra se exercitam. Quem quiser mata-me sem perguntas, ou desculpas. Nascemos iguais, mas cada máscara humana tem um desígnio cruel. A morte e o medo e o dinheiro e o poder desigualam o mundo. O homem não é a própria sombra, mas a sombra que o deixam projetar.

Saberias descrever o rosto do carrasco que sequestrou dor, prerrogativas, e inundou a vida com preço sem valia e serventia? Ou antecipar a palidez do teu corpo na agônica ascensão para a morte? Não devia escrever-lhe, Zé, mas há muito o medo me libera para estas tristes incursões. E embora não me iluda a falsa abundância do amor, entrego-me a este estranho arrebato que ergue a vida e o pau ao mesmo tempo enquanto apago os dias na brasa do cigarro. Nas mãos deste teu amigo sobram o esplendor do prato e a suculência da cama. Bem diferente do velho que mora no apartamento ao lado. Sitiado pela própria velhice, raramente deixa a casa. A luz do sol debilita a sua pigmentação já estragada. Algumas vezes escuto-o esbarrando contra as paredes, seguramente buscando sôfrego os objetos que lhe escapam quanto mais se cansa.

Encontrei-o hoje a abrir a porta. Não distinguia a fechadura da maçaneta, talvez os olhos remelentos. Ajudei-o a encontrar o caminho da casa, seu túmulo, os embrulhos deixei na cozinha. Mal respirava, os olhos apagados, agradeceu com breve aceno. No sofá, esqueceu-se de mim, ocupado com a vida modesta, com as horas que lhe sobram, as rugas envenenando o seu rosto. Seguramente, ele ainda está lá, do outro lado da minha parede. Crucificado com os pregos de cada dia. O porteiro talvez me anuncie amanhã a sua morte. Mas, não chorarei por ele, que diferença faz que viva. Há muito que vimos fugindo de suas carnes fenecidas, há muito que o matamos. E não é verdade? Alguma vez o aquecemos no regaço humano, algum de nós enfeitou-lhe a vida para que eventualmente sorrisse?

Talvez o seu coração seja rijo e amoroso e sonha com beijos e murmura palavras ardentes com cor de cobre. E seu olhar disperso é a grave acusação que pousa em nós com o peso de uma pena manchada de sangue. Percebe o quanto o desdenhamos, que não lhe catamos os dentes imolados pela cárie dos anos, e que seu corpo, incapaz de controlar o suor, o esfíncter, a urina, jamais mereceu nossa defesa.

Ah, Zé, a velhice me intimida, esta esponja de triste sabedoria que bebe vinagre, solidão e desespero num só trago. Também eu um dia soçobrarei na mesma espécie de torpor. Não me restando como defesa senão as moedas amealhadas que substituam a perda da luxúria, as moedas que justamente protegem a vida quando lhe decretam o banimento. Bendito ouro que outorga ao homem a última piedade e impede que o enterrem vivo só porque lhe apodreceram as juntas. Zé, como será quando o olhar jovem não mais pouse em nós. Quem me vai pentear os cabelos?

O segredo do avô foi amealhar pão e dinheiro a fim de que o respeitassem. Até a morte mastigou com os próprios dentes, cuspiu ordens, devolveu afrontas, a ninguém pediu emprestado, ou contraiu dívidas e humilhações. Das suas mãos tombavam as moedas que seguiam diretamente para os pratos dos filhos. A comida vinha dele, assim como os sonhos. Havia comprado as ilusões dos netos com o suor.

Enfrentou o futuro com o dinheiro no bolso. E de tal modo o ouro e ele viveram lado a lado, que passaram a dividir a mesma respiração, a consumirem igual tempo de vida. Ele e o dinheiro morreram juntos, no mesmo sábado. No seu enterro, sofri mais por mim que por ele. O avô havia governado bem a vida, seu triunfo era o cortejo que o seguia. Eu me perguntava quem arrastaria a alça do meu caixão cumprindo um dever de afeto, assegurando-me uma dignidade que o dinheiro não tivesse previamente comprado.

Como confiar na sua amizade, Zé. Ou na generosidade da sua casa. Se lhe chego sujo, rasgado, fedendo, certamente me fecharás a porta. Os aparatos do seu cotidiano me honram enquanto as penugens das boas maneiras, do bem-vestir e da linguagem me adornam. Seus amigos cobram a cada instante palavras perfumadas. Habituaram-se a dizer quem somos, até onde chegaremos, ao simples anúncio da primeira frase. Também meu destino se tece através desta tirânica linguagem que diariamente inventaria um legado cultural polido junto à prata inglesa. Entre nós, não se perdoa a incompetência verbal.

Conheço a indulgência que fiscaliza o padrão linguístico implantado entre nós como uma dentadura e determina os que ficam na sala e os que devem regressar à fábrica, ao trem da Central, à estrebaria, ao seio do povo em nome do qual se travam batalhas e redigem manifestos. Merda para as palavras sem sangue, merda para os que explicam a vida com polidez fria e correção gramatical. A tua sala é tão covarde quanto a minha alma, embora as tuas palavras licitem bravatas e idealismo. Como crer em ti se ainda estás vivo, Zé?

Sou um pastor com sobrevida comprada a queijo, ervas, leite roubados. E minha astúcia é parte da astúcia coletiva, acuada e defensiva. Assim, o que em mim se manifesta reflete origens que não alcanço, mas que sempre foram arrastadas pela lama, a sangrarem. Nasci do medo que se devotava aos sacerdotes e aos temporais que apodreciam as colheitas. Como então ser digno se tenho as mãos contaminadas pela covardia popular e por uma história que não escrevemos e não nos deixaram viver? Unicamente o poder dispõe do heroísmo e da narrativa. No meu universo de lágrimas, sobra apegar-me às artimanhas que salvem a vida. Tenho a vida endividada antes mesmo do meu nascimento. Sei que minhas palavras te agastam, mas veem do meu coração ingrato, amargo, amigo. E o que mais queres? Aplausos, triunfo, temor pelo teu olhar em chamas?

Até Luíza refere-se a você com desconfiança. Um homem que domina a linguagem e não se comove. Embora eu lhe garanta o contrário, ela não acredita. Rejeita o brilho metálico deste olhar onde a consciência crítica instalou-se implacável. É uma muralha que Luíza não vence. Confessou-me, quem olha assim, ama assim também? Quase lhe disse, e quem ama mole, levanta o pau? Eu a teria perdido com tais palavras. Diariamente lustra a existência com óleo santo. Na cama, porém, esvai-se em atos perigosos, as palavras sempre acorrentadas pelo pudor. Onde esteja, sua linguagem é impecável. Sua ordem mental alija a paixão. Não sei onde se abriga o coração daquela mulher.

Acusa-o igualmente de solitário e servo da paixão ideológica, enjaulado entre feras e ideias fixas. Luíza despreza os que proclamam a infelicidade, bafejada que foi pela sorte, a beleza e os perfumes raros. Procura convencer-me que você inveja a vida em geral e o nosso amor em particular. E que amor, digo-lhe em desespero de causa, para que se defina. Ela sorri, que amor senão o nosso.

Facilmente perde-se em suspeitas. Mas, envergonhada desta descrença pelo humano, o desconforto a assalta, mal sabe guardar as mãos belíssimas. Propus-lhe que jantássemos todos juntos na próxima semana. Luíza aceitou, mas não se iluda, jamais abdicarei da vida que defendo em troca das ideias do Zé. Assim, amigo, não faça exigências que Luíza não possa atender. Temo as pequenas farpas que tão naturalmente você deixa escapar, elas custam tanto a abandonar uma pele ferida. Não me chame de idiota, e nem quero a sua compreensão. Esvazio-me a cada noite bem vivida, estou vivo na desastrosa piedade do amor.

E o que há além desta exaltação? Do outro lado existem sombras, aqueles olhos sinistros que também sabem rir. Riram de mim, na minha presença. E me seguem por toda parte, ainda quando não os quero encarar. Não me deixam apagar o medo, que tenho enunciado na pele como amigo e irmão. Eu que não soube dosar as palavras. A confissão me chegou como um vômito.

Nada lhes bastava. Quem oferecesse a perna, ficava a dever-lhes um olho. A vida mesmo que se desse não chegava. O que esses homens vorazes ainda reclamavam? A alma, o futuro, o eterno ranger das juntas? Como deuses, ambicionavam traçar o destino, ainda que aos gritos eu jurasse nada mais tenho a dizer. Esbofeteavam o meu rosto, a descarga elétrica vinha nos testículos, no círculo do ânus. Eu balançava, perdia os sentidos. Voltava à vida não querendo achegar-me a ela. O que tinha a vida a prometer-me para eu defendê-la com bravura? O chefe exercitava os dedos afiando a navalha contra o meu sexo. Vamos, trema que eu te capo. Eu tremia, babava, fechava os olhos, rezava. Como será o retrato de uma carne mutilada, saberiam fotografar a minha dor, a última vibração do nervo abatido? Os algozes me arrastavam como escravo, me amavam, tocavam no meu corpo, iam às minhas partes. Aos prantos, supliquei muitas vezes, não sei de nada, já lhes disse tudo. Como um porco, eu fornecia carne e alegria aos homens. Permitia que esculpissem em mim outra criatura, me parissem entre a placenta da suspeita e da covardia.

Ah, Zé, certas experiências varrem a vida para distâncias onde não se pode ir para reclamar, pedi-la de volta. Sinto cada ato traduzido em senhas que me chegam sussurradas, impossibilitando qualquer leitura. Não sei das minhas transformações. Nada sei da matéria viva que me alimenta. Terei realmente escolhido? Com que direito tomaram eles da minha indivisível vida e dela fizeram um cristal devassável e quebradiço. E se deram de presente o meu corpo, a minha honra, a minha dor, a minha lágrima?

Por favor, não espere muito de mim. Meu único compromisso é com este feixe de nervos que é a minha vida. Especialmente depois que eles grudaram o medo no meu peito, debaixo da minha camisa. E o medo vem à mesa comigo. É farto e fiel. Quem o desconhece não experimentou a vida pulsar entre as falanges. Ele é agora o único a registrar o tempo por mim. Envelheço aos seus cuidados. Assim, cabe-me cuidar de sua aparência, dou-lhe banho, ensaboo-o pelas manhãs.

Você fala-me com orgulho da posta viva de heroísmo que é Antônio, sempre presente na nossa cama. Assassinado para assumir o papel que seguramente faltava na história. Mas, eu não estava ao seu lado quando nos deixou. Ninguém ali esteve para dizer-nos se morreu calado, ou praguejou porque, simples mortal, a vida lhe fugia. Terá escolhido a morte com honra, ou a violência dos algozes decidiu por ele, roubando-lhe assim o direito de escolher legitimamente entre a vida e a morte. Nunca saberemos, Zé, sabemos sim que lhes devemos o herói trazido na bandeja para que assim tivéssemos um retrato na cabeceira e outro na memória. Lembra-se da gargalhada de Antônio? Antônio riu na cara deles, ou suplicou que o levassem de volta à cela escura, ao lençol fedendo a urina, onde ouviria a própria respiração, o coração a latejar no peito, que é a mais intensa volúpia sentida pela carne? Terá Antônio morrido unicamente para ocupar nossos sonhos? Mas, de que servem sonhos que se transferem para os netos sem jamais se cumprirem?

Para você, apalpar a desgraça do povo, ou dela falar à distância, fortalece a consciência. Deste modo, vigia temeroso a própria luxúria, não se permite o festim individualista, que tem os sentidos como modelo. O seu código alveja ao mesmo tempo inimigos e acomodados. Você odeia o morno, quer a justiça. Mas saberá mesmo escolher os inimigos, serão realmente culpados os que morram sob os seus cuidados?

A consciência que prega o sangue assusta-me tanto quanto as mãos dos carrascos exalando a carne humana. Assim, a política da sua vida é esquecer a própria vida para reivindicá-la melhor e soberana. Enquanto a minha é celebrar a vida de modo a não esquecê-la. Por isso, sou covarde enquanto o mundo te celebra. Ampara-me o corpo de uma mulher, contrário à sua solidão alimentada por um bairro comovido com semelhante disciplina ideológica. Mas, sou-lhe grato pela paciência com que me escuta. Algumas vezes corrigindo os movimentos pendulares que me levam a voos rasteiros e sem perspectiva. Seguramente porque empinamos juntos a mesma pipa. Meu Deus, onde estou que o peito me cresce e o destino da terra afasta-se de mim, deixa-me sempre mais só.

Tenho Luíza nos braços. Uma mulher em luta contra os sentimentos. Não se educou para a paixão. Condena a vida intramuros, sem delicadas celebrações. Junto a ela aplico-me aos tijolos do poder e à exaltação da carne. Você nada sabe deste estado ígneo. Ou estarei sendo injusto? Acaso frequentou o território da paixão que expulsa o lar e a ideologia ao mesmo tempo? Ah, Zé, nada perdura além dos sentidos. Não se pensa na redenção da pátria, da miséria, do partido, quando se naufraga na água tépida, doce, macia da boceta amada. Não avalizo o sentimento humano que não emerja dos signos poderosos da carne.

Zé, ela tem hábitos de princesa, e o mundo excede à sua sensibilidade. Tanto refinamento leva-me às lágrimas. E quem não se enterneceria com o trajeto da perfeição, os gestos todos harmoniosamente comandados, a displicência com que abandona a comida no prato, sabedora que outros alimentos se sucederão sem que o seu coração deva inquietar-se com a fome.

Sou grato à Luíza. Através dela descobri que o amor é um lodaçal onde se afundam a ética, a generosidade, o livre-arbítrio. E que é da sua batalha, e da sua fome, dizimar famílias, devastar a terra, arrecadar tesouros, a pretexto de enriquecer o ser amado, assegurar-lhe a felicidade. Sempre a serviço de si mesmo, e daqueles a quem quer bem, o egoísmo do amor é perverso e ilimitado, e não conhece castigo, e nem críticas sociais. Em seu nome, ao contrário, tudo é justificado. Tem desculpas nobres, inventa princípios que a sociedade consagra constantemente numa roda-viva, sangrenta e predatória. Para alimentar meu filho, estimulam-me a matar o do vizinho. E para que o amor me sorria e devolva eu ao mundo um sorriso, devoto-me às pilhagens e aos espólios. Os meus interesses concentram-se no objeto amado. Nas moedas que necessito arrastar para a alcova. Amar, pois, é o desastre da coletividade. Mas a coletividade sem o amor é a fria superfície sobre a qual a tirania estabelece para sempre os seus domínios. E, então, Zé?

O amor por Luíza não me aprimora. Dispersa-me até, torna-me ainda mais insensível e medroso. Não me arrisco a perder o que arrecadei nestes nove anos. Ela é a única a conhecer o limite máximo da sensibilidade da minha pele, o grau de temperatura em fogo do meu corpo, a gentileza que não deixo deslizar por debaixo da porta para o mundo conhecer os seus atributos. O que somos no quarto trancado a chave só a nós beneficia, expulsa a humanidade. Saindo dali, visto a armadura diariamente trocada e sou grosseiro. Praguejo em vez de solidarizar-me com o outro, de abandonar os bens terrestres, esquecer os ressentimentos, perdoar.

O amor não me ensina a transferir o excesso do seu arrebato para a casa do vizinho. Não me ajuda a dar rosto a uma humanidade hoje abstrata para mim. Assim, esta abstração do humano e o meu amor somados indicam-me a desesperada solidão do ato de amar. Indicam-me que grudado à cama, agarrado ao corpo do próximo, nada mais faço que amá-lo para poder amar a mim mesmo, amá-lo para ser menos só, para assim alcançar-me e ao mesmo tempo oferecer ao outro a falsa ilusão de que contamos com a nossa mútua companhia, com o nosso recíproco arrebato. Amar é um ato solitário e sem repercussão ideológica.

Mas, náufrago que sou, resta-me ofertar à Luíza o meu coração. Dar-lhe o meu futuro, e que o salgue a seu gosto. Ela ri, acusa-me de ser uma máscara sem passado. Ou um passado com invenções, uma biografia a que se acrescentam dados móveis e falsos. Asseguro-lhe, então, que na terra já não tenho espaço. Não sei onde me localizo. O giro do planeta projeta-me a uma extremidade sempre em rotação. Pergunto e respondo, e ignoro quando a resposta não passa da armadilha da pergunta. Onde estão Cristo e Marx? Dentro de uma empanada de carne exalando a pimentão. Dispersos e contumazes, querendo vítimas. Meus inimigos sempre que hostilizo seus interesses. Vejo-os marchando em triunfo através dos estilhaços humanos. Eu sou um estilhaço, Zé. Estou proibido de pensar, o que penso é inconsistente. Não sou livre para decidir. Luíza projeta o meu retrato. A cada dia pareço-me mais a ela, com suas evasivas de joias, de maquilagem, sempre poderosamente bela. Tenho desejo de lamber o *riesling* frio nos seus seios quentes. E qual será a vontade real desta mulher?

Ah, irmão, o que seria de mim sem o teu sorriso discreto. Pronto a arrancar do meu rosto a máscara de covarde e delator. Sou um réu confesso que após ter negligenciado a vida não se protege senão através de omissões diárias. E será covarde quem se submete à tortura, ao poderoso, às sólidas garras do inimigo? O que vocês queriam, que continuasse a dar-lhes o rabo para irem eles dentro e escavacarem? Urrei de dor, vergonha, pavor. A carne sofrida irradia estímulo a quem a tatua com fogo. Por isso não esmoreciam jamais. Borrei as pernas, a alma, tenho o fedor como indelével marca sacerdotal. Quis gritar, seus putos, mas o limiar da dor me assaltava. Eu não quero mais o orgulho de volta ao preço da minha vida.

Não voltarei a pagar o que não leve para casa em forma de prazer, de utilidade. De tudo agora exijo um valor concreto e úmido, que eu encoste na pele e sinta e não duvide. Quero o pão na minha boca, não no meu sonho. Às vezes, você quer me esbofetear, como se sua ação corretiva se equivalesse a do carrasco movido pelas promessas do fanatismo. Unicamente controla-se porque de um humanista aguarda-se a defesa do humanismo. O estranho adestramento de analisar e classificar os sentimentos e os direitos humanos à sombra.

Eu, porém, vivo ao sabor da certeza de que a minha vida será cobrada a qualquer instante, segundo os interesses do Estado. Mas, você também é parte da mentira e da hipocrisia que constroem e vendem um código cego em que a dor e o medo não entram, a vida do homem e seus escassos recursos não contam, apenas se contabiliza a sublime loucura que leva ao martírio e à morte. Com que direito pedem vocês a minha morte, que eu não volte a olhar o sol, nunca mais sorva a cerveja gelada e a noite insone?

Talvez o cheque de um sonho que você nunca teve coragem de viver até o fim esteja no meu bolso, na minha consciência dolorida. Estou a gastá-lo em seu lugar. Queimo-me para que você durma tranquilo, a tecer planos que a semana seguinte desfará. Não serei acaso a soma do teu fracasso, dos nossos companheiros, dos que se foram, e dos que ainda vivem? Cada moeda que consumo mal respirando é o preço da sua ilusão. É a vida de um homem como eu que se escorrega entre os seus dedos e você não salva.

Não quero mais feri-lo, Zé. Trago o punhal de volta para a minha cintura. De que me serve passar-lhe a dor que precisa ser minha. Em troca, fico com a vida. Ainda que uma vida medrosa e acuada. Não sei se aceitas o meu abraço.

As Quatro Penas Brancas

EU FAÇO AMOR SÓ de porre. E você? Eu, na base da água, água do filtro. Foram para o bar. Rubem, o que amava com água, e Pedro, que expelia bagas de álcool. Beberam até o amanhecer. Para onde vamos daqui? Até a vida do outro lado, disse Rubem.

Em casa, Rubem programou, escrevo o artigo hoje mesmo, à tarde passo no jornal, amanhã estou livre para desaparecer. Pedro apanhou-o pela gola, na portaria do jornal. Não adianta fugir. Sempre que partir para Niterói, vou atrás e não deixo. Teu destino vai cumprir-se no Rio de Janeiro, nas artérias solitárias desta cidade.

A mulher de Rubem exigiu, se não me paga a pensão do mês retrasado, cobro-lhe sem piedade a do mês anterior. Tenha paciência, mulher, eu não posso tirar dinheiro do meu saco, tá. Alice mostrou-lhe o retrato dos filhos. Estão crescendo e você finge não ver. Claro que eu vejo, o Rubinho é a minha cara, a mesma aflição. A mulher disse, te espero amanhã até as sete da noite.

Pediu socorro a Pedro. Depressa, senão a mulher me come. Ora, então coma ela primeiro. Já não tenho mais forças, comi todas as mulheres do mundo. Estou seco como bacalhau. Em Niterói, o pai emprestou-lhe o dinheiro. Mas, tome cuidado, tem caminho de volta. Não estou aqui para sustentar as tuas mulheres. É uma só, pai.

E depois, deu-lhe netos, não foi? Não foi o que vocês todos queriam, que paríssemos como coelhos? O problema também é de vocês, gritou com raiva, só diminuindo o tom de voz na barca, bem no meio da baía. De onde olhava a ponte, que merda de elefante eles construíram, quantos corpos sepultados nas colunas de concreto.

Posso sentar-me ao seu lado? De camisa esporte, a calça amarfanhada, o homem vendia amendoim. Rubem olhava a cidade do outro lado. O homem insistia, estou assim agora, mas já fui de andar em boate grã-fina, dar gorjeta, as mulheres vinham lamber na minha mão. Até que abandonei bens, herança, triunfos, os banqueiros perderam a fé em mim. São uns filhos da puta, só têm tesão pelo dinheiro. E estava já no meio da história, quando Rubem decidiu que seguramente a vida daquele homem superava a sua. Comece de novo, pediu. E onde eu estava? o vendedor entusiasmou-se. Na hora em que a tua mãe te pariu.

O homem amarrou a cara. Escuta aqui, quem organiza a narrativa sou eu, escolho a porta por onde entrar e a janela por que sair. Quem não está satisfeito com o volume e a posição das palavras, abandona a sala. E como vou deixar esta merda de sala, a não ser dando umas braçadas por esta baía imunda. E logo recordando o dinheiro, Rubem apalpou discretamente o bolso, a protuberância de que se desfaria na casa de Alice. A mulher roubava-lhe todos os meses o suor mais difícil do seu corpo. Como represália, obrigava-a a arrastar pela vida os quatro filhos que haviam parido em momento de insensatez. Minha vingança é que ninguém se casa com ela, que homem é besta de aguentar os meus quatro filhos, orgulhava-se em dominá-la à distância.

Aceitou o amendoim. Qual é mesmo o seu nome? Colombo, o descobridor da América. Rubem mastigava sentindo o prazer do sal. Está gostoso. Eu mesmo preparo. Veja como é a vida, antigamente eu chegava da farra de madrugada. Agora vou trabalhar na mesma hora. Sem dúvida, havia rebaixado na escala social. Mas, tinha certeza de que no seu tempo áureo jamais frequentaria os mesmos bares de Rubem. Vê-se logo que você é um cara teso.

Foi mulher que te depenou? Rubem queria saber. Justamente um amigo que vinha pelas manhãs, sem respeitar o seu sono. Bulhões esfriava o seu café com o próprio bafo. E repetia, salve-me, a aventura de hoje deixou-me infeliz.

Aos sábados, escalavam as montanhas da Gávea, até o vento sudoeste atingir-lhes o coração. Colombo era o primeiro a descer correndo, sob os protestos de Bulhões que exigia tempo para descobrir o céu. Colombo tranquilizava-o com a certeza de que lhe sobrariam dias para conhecer o paraíso. Já na terra, dizia-lhe, sente-se melhor agora? Tenso, Bulhões lambia a mão com a própria língua. Convencia Colombo a deixar a cidade juntos, seremos felizes em outro lugar. E por que vou te seguir, sou lá tua mulher? Mais que isto, você é meu amigo.

Bulhões ia direto ao seu coração. A mãe botou ali manteiga em vez de uma região rica de veias estufadas, engolindo sangue e sabedoria. E deixava-se convencer. Sobretudo porque as mulheres haviam-lhe afirmado, especialmente na cama, que mais sublime que o amor só a amizade. O amor ficava na cama, nos lençóis sujos. Ele próprio amava com dificuldade, como se arrancasse do sexo uma espinha de peixe.

Diariamente Bulhões vinha alimentar-lhe o sonho. Afirmava, a vida está no vinho e na amizade. E queria Colombo a provar-lhes o gosto. Um dia, engasgado com a côdea do pão, Colombo gritou, já não te suporto mais. Altivo, Bulhões deu-lhe as costas, condenou sua arrogância desmedida. Ele ainda conheceria o sofrimento. Desapareceu uma semana e Colombo passou a contar os minutos de sua ausência, não dormindo depois da hora que ele fizera sua com uma assiduidade impecável. Era como tê-lo ali, apenas sua tristeza fora banida. E confundia toda batida na porta com seu modo de fazer a madeira ressoar. E só não o buscou em casa para não forçar a sua intimidade, embora quisesse pedir-lhe que desrespeitasse o seu sono, mas o completasse. Eu me estava faltando.

Dispunha-se até a segui-lo às montanhas do seu afago, refinar a atmosfera com as narinas dilatadas. O sentimento pelo amigo agarrava-o como erva, confundia-o. Como compreender uma emoção unicamente educada para o regaço da mulher e que, de repente, pula no peito e te exalta, te abandona à mercê das ondas.

Enviou-lhe os bilhetes: 1º peço perdão quantas vezes o seu orgulho assim o exigir. 2º se você não volta, é porque recusa a salvação. 3º quem recusa os recursos de um amigo é imbecil. Logo, você é o imbecil de quem falo.

Bulhões resistiu ainda sete dias. Me queria sofrendo sua morte, pronto a prestar-lhe honras fúnebres. Colombo abandonou os bares, as boates, temia que ele antecipasse o horário de visitas. Afinal, apareceu com um pacote de recortes nas mãos. Veja só a situação trágica do Brasil, não queria Colombo comovido. Proibia celebrações, aceitava apenas o café e a felicidade de porta aberta.

E por onde andou, eu insisti. Livrou-se do pacote sobre a mesa, estive sempre onde me causou aflição. Seus olhos pediam consolo e um abraço de boas-vindas. Fora de enterro, Colombo jamais havia abraçado um homem. Até chegar ao seu corpo, deveria vencer anos de resistência. Sentiu sua barba contra o rosto, foi gozado, porque o constrangimento não me deixou ser feliz. Eu só sabia viver a vida de modo confuso. E, para disfarçar, controlou-se. Se a sua vontade é mesmo criar animais e aves de ninho, compro uma fazenda. Mas, logo que lhe prometeu desistir das noites que se prolongavam porque voltar para casa significava interromper o matagal alucinado da aventura, arrependeu-se, que loucura seguir um homem que nem irmão é, ou amante.

Na fazenda, cada vez que anunciávamos a vida, ela nos fugia. Ambos matavam os animais que justamente queriam fazer viver. Bulhões era um desastre quando se empenhava em salvar a colheita, o leite, as batatas, os porcos. Logo o fogo derreteu a casa justamente ao excursionarem pela montanha, queriam ali surpreender ovos raros. Talvez naquelas alturas nascesse o condor americano. De tanto sonhar com este mesmo condor, Bulhões nem chorou pela casa.

E, não bastando tais desditas, enquanto armavam um acampamento que servisse de lar, as águas do rio vieram lamber seus pés. Agarrados às árvores para a correnteza não arrastá-los, Colombo proclamou furioso seu desamor por uma natureza que ensinava através de princípios avassaladores. Para a sua surpresa, Bulhões defendia com o rosto crispado a natureza que apenas expandira a própria luxúria através, isto sim, de manifestações ruidosas. Afinal, se o homem havia nascido com a terra pronta, muito bem feito que lhe sobrassem padecimento e o exílio.

Comecei a suspirar pelas boates do Rio. Sempre havia buscado a felicidade em suas cadeiras vazias. Além do mais, o sentimento pelo amigo já não era o mesmo. O convívio derretera o chumbo de seus corações, já não unia como antes. Bulhões tomava rumos contrários aos de Colombo. Até o café tinha agora gosto de fel. Sentia-se incapaz de afetos fortes e prolongados. A verdade é que Colombo sempre havia amado com displicência. Especialmente quando o último extrato bancário revelou-lhe uma conta exaurida.

Escreveu ao banco: não pretendo responsabilizá-los pelo fracasso que a natureza me impôs nesta experiência rural, mas expressarlhes meu desconsolo em ser cliente de uma casa que não me preveniu a tempo pelos desastres e a rápida deteriorização do meu saldo. O banco acudiu-o com presteza, concedendo-lhe crédito em troca da fazenda. Como Bulhões me pedia sementes, porcos e touros reprodutores, não hesitei um minuto em hipotecar a terra.

Todas as manhãs, beijava os animais através da cerca. Implorando que se empenhassem na reprodução da sua espécie. Não fosse assim, perderia os últimos bens. E seguiriam eles para o corte, ou novo dono que não lhes prestaria seguramente a mesma vassalagem. Mirava-os na pupila emocionado, enquanto Bulhões o recriminava, com que direito exigia dos animais e das parreiras um excesso que fatalmente os levaria ao desespero. Seria como obrigar um homem a fazer amor dez vezes seguidas, embora lhe ministrando gemas com açúcar, vinho do Porto e mulheres com sabor de sal e suor.

Claro que discordei de tal descrença no humano. Contrário a ele, Colombo via o corpo capaz de todos os arrebatos, uma terra abrigando o sonho. Disse-lhe, exija dessas criaturas, que você ama mais que a mim, tudo que jamais me deram. Ele não me deu atenção. Insisti, socorra-me, seu louco, senão afundamos juntos e arrastaremos o sentimento que nos obriga a permanecer nesta terra maldita. Sua voz chegou-lhe displicente, esforçou-se em ouvi-lo, desprezo sua ambição pelo poder.

Dei-lhe tal soco que o prostrei ao solo. Mas, Colombo não o queria ferido pelas mãos que só quiseram resgatá-lo do sofrimento. Abracei-o, que me perdoasse. Ele, porém, arrumou as malas, nem se despediu dos animais especialmente voltados para a intensa reprodução. Preso aos restos da casa, Colombo deixou de visitar os currais. Imaginava os animais escravos das próprias funções. E quando passaram a anunciar-lhe a morte de cada um deles, designando nomes e respectivos pesos, simplesmente dava baixa na parede chamuscada, onde agora fazia a contabilidade.

Ali fiquei até perder o último animal. Telegrafou ao banco, venham buscar a fazenda, querendo eu empacoto e despacho pelo correio. Em Niterói, alugou quarto na casa de uma viúva, decidido a alcançar a felicidade vendendo amendoim. O calor das brasas no fundo da lata aliviaria seus rins embebidos de álcool. A viúva censurou que homem fino se prestasse a tal serviço. Mas, onde mais poderia atracar em dois territórios a cada meia hora, ou encontrar quem lhe escutasse os lamentos?

Primeiro, Rubem chupava o amendoim, depois o estraçalhava. Minha ex-mulher sempre temperou bem. A comida transformava-se em suas mãos. Fazia milagres na cozinha. Algumas vezes, Alice o havia alimentado de farrapos de colcha, sempre com sucesso. Era sua escrava na casa e na cama. Ela aceitou o fato sem revoltas. Desde pequena foi educada para o ofício. Nada mais fiz que prosseguir na tradição até encher o saco. Largou então a mulher em troca de algumas moedas de fantasia. Já não aguentava mais possuir uma criatura humana. Dei-lhe falsa alforria, que a pobre nem sabe agora governar.

Não comia amendoim desde as matinês do velho cinema Pirajá. Nos domingos, havia o seriado da Nayoka. Você se lembra, Colombo? Nayoka sempre de calça cáqui, botas, de punhos firmes contra os brancos safados que assaltavam o solo africano. Os mesmos brancos safados das esquinas brasileiras. Nayoka vivia em perigo. Cada domingo esgotava-se com ela amarrada aos trilhos do trem, ou arrastada pelas correntezas. Rubem não tinha como salvá-la, ou poupá-la de vida tão acidentada. E não era só a África que os separava, havia o oceano, a mãe que não o deixaria viajar, e a tela do Pirajá, inalcançável para a sua reduzida altura.

Tantas eram as peripécias que, sem fôlego, temia pela perna de galgo de Nayoka fraturada em mil pedaços a cada queda. Sentia-se impotente ante os possíveis gritos da mulher suplicando que lhe estancassem a hemorragia das inúmeras feridas. Felizmente, ela rejuvenescia a cada capítulo, desatenta aos seus temores. E ele, já pensando no próximo domingo, tinha a mãe à porta perguntando, como é, comeu todas as bananas, se não fica fraco.

Não queria desgostar a justiceira Nayoka a quem amava com amor que mal o deixava dormir. À noite via-se entre mãos assassinas, em perigo de morte, até que Nayoka estilhaçasse o vidro da janela, resgatava-o pisando os corpos inimigos. Dali seguiam para o topo da árvore transformada em ninho, onde se beijavam com volúpia. A lâmina da língua de Nayoka alcançando o seu sexo que inchava abastecido de ímpeto e sentimento mortal que, por sua vez, o instigavam a querê-la mais ainda. Prisioneiro de seus braços, Nayoka tomava a iniciativa de amá-lo, amar como se quer a um bezerro, e o lambia restaurando a sua vida.

A verdade é que eu me empolgava mais com as aventuras do que com os beijos. Queria com ela pular árvores, rasgar cipós com os dentes, organizar o fogo com gravetos, transformar galhos em armas de grande operacionalidade. Fazer de um lenço uma bandeira que toda África enxergasse. Nayoka era uma ilusão, uma cartografia, um rio por onde Rubem podia navegar sem rumo. Ela era um rosto que hoje havia esquecido, não se lembrava mais, não saberia descrever. Ainda esforçando-se, só lhe restava o seu nome. Um nome diariamente esvaziado, e que tratava de preencher com uma vida monótona. Uma vida sem forças de imitar qualquer seriado. Me pergunto, às vezes, se não estaria ainda hoje casado com Alice não fosse pela memória de Nayoka.

Foi um amor sem ciúmes, não fazia sofrer. Os outros podiam

desejá-la, aplaudi-la ao seu lado. Não queria um amor solitário, ou que lhe faltassem amigos com quem dividi-la. Entre eles havia os sinais externos próprios de uma seita. Já à entrada do cinema, identificavam-se os adoradores de Nayoka. Talvez pelo brilho no olhar. Ao mesmo tempo, enquanto Nayoka permanecesse no chão africano, sentia-se seu único dono. Rezava para ela não vir ao Brasil. Às vezes, doía-lhe pensar que deveriam os dois vencer mil braçadas atlânticas para o beijo de amor. E que não era forte suficiente para reter em suas mãos as pulsações daquele coração ardente.

Durante o filme, deslizava para debaixo da cadeira as cascas de banana. Ninguém deveria padecer dos desastres de seu ardor. Eu estava a serviço do bem. E por isso repetia a mesma sessão não sei quantas vezes. A mãe se enfurecia, gritava em direção à sala escura, Rubem, Rubem, nem mais um minuto. Ele vinha com o peito agitado, temeroso do castigo do qual nem Nayoka, na sua escura África, o livraria.

A mãe, ignorando seu secreto amor, pronto deslumbrava-se diante de cada vitrine da Avenida Copacabana. Para agradá-la, apontava-lhe a bolsa de crocodilo que ela logo queria arrastar para casa. E isto apesar de Rubem pensar nos cipós que nas mãos de Nayoka provavam-se mais eficientes que nos dedos de Tarzan, rival da sua amada. Até que no começo eu gostava de Tarzan. Mas, a experiência provou-lhe em pouco tempo que o coração não tinha como abrigar dois afetos a sugarem-lhe o sangue e a exaltação. Devia escolher o mais brilhante. Em algumas semanas, Nayoka venceu a musculatura de um Tarzan monossilábico, afásico, odiando a fala humana, apesar de Jane preparar-lhe a comida e os carinhos noturnos.

Pobre mãe que nada entendia. Quantas vezes trazia-o à terra com um barbante. Ela não tinha imaginação, estava toda voltada para a casa. Era também outra escrava de uma legião de escravos. Sempre apartando as brigas dele com o pai. Que é estúpido comigo, hoje mesmo nos desentendemos, ele gritou autoritário, não volte tão cedo, se é homem assuma os compromissos com a tua mulher, não vou mais responder pelos teus desatinos. Quis me humilhar, bem podia ter falado de outro modo. Eu sei que fui eu que trepei, logo tenho que pagar. Mas, sabe lá o que é pagar até o resto da vida sem direito ao menos de dormir com a mulher, ir à geladeira e comer uma coxa fria de galinha?

E tudo pelos quatro filhos. Cada qual nascido em uma estação do ano. Desde a primavera ao outono. Quatro filhos, que carga, meu Deus. Pior que vender amendoim para bandidos, piranhas, bancários, jornalistas, após ter frequentado boate, falado bonito, dado gorjeta aos caras grudados à mesa querendo facilitar uma loura gostosa.

Rubem chegara a sonhar alto, sonhos que abririam todas as portas apenas com gazuas de papel. Agora, ninguém o entendia. Unicamente Pedro o acompanhava nos porres, salvava-o com palavras ásperas. E ainda lê os meus textos, diz que sou um escritor de merda salvo pelo anonimato. Ainda assim, Rubem insistia em ser relido, pedia nova oportunidade. Pedro recusava-se, para ele não havia salvação. Sob sua aprovação, jogava tudo no lixo. Sobretudo, Pedro amava triunfar sobre o bem. Se eu lhe pedisse, me mataria contritamente. Seus olhos brilham quando choro. Sente prazer. Mas, Rubem o queria bem, apesar de tudo. Como se o sentimento transcendesse a qualquer ato impiedoso. Pedro era o primeiro a admitir que a bosta era a memória do animal que pisou na estrada. Ainda que Rubem lhe pedisse explicações para o enigma, ele lhe dava as costas. Tinha o hábito de traí-lo. O sem-vergonha dorme com todas as mulheres que já passaram pela minha cama.

O barco atracou, quem sabe no antigo cais Pharoux. As sombras das árvores reconstruíam figuras da corte de Pedro II. Rubem insistiu que Colombo deixasse a lata de amendoim aos cuidados do capitão, até então dedicado às águas e aos ventos. Ele responderia pelas brasas no fundo da lata. E, caso quisesse, poderia distribuir o rico espólio entre a tripulação. Comovido, Colombo abraçou Rubem. O segundo homem abraçado em menos de três anos.

Rubem fez-lhe ver os ciúmes de Pedro. Mas, ainda que sofresse, haveria de recebê-lo na confraria. Telefonou ao amigo, te vejo no varandão de fora. Temos que trazer um homem de volta à vida, fazia mistério. Colombo tocou-lhe o ombro, por favor, não exagere. No bar, Rubem traçou em mil palavras o destino de Colombo, antes de atracar em terras americanas. Afinal, o que sabemos daquele puto genovês que corrompeu com o fausto e a imaginação a corte de Isabel e Fernando? Pedro abatia os chopes gelados com os tiros de uma espingarda sedenta. Rubem garantiu-lhes, se o dinheiro não chega, avanço no tesouro que o pai depositou aos meus pés. E vamos passear pela Visconde de Pirajá, antigo paralelepípedo do meu coração.

Iam devagar. Colombo devia recuperar a vida sem desperdícios. Mas que reparasse nas mudanças sofridas pela avenida a pretexto de transformá-la na Via Veneto de um país jovem. Colombo não reagia, os olhos sombrios embora Rubem fizesse graças. O que há, Colombo, queremos você grudado à vida e você nada? disse Rubem, sob a custódia de Pedro, avalista de seus sentimentos. Colombo admitiu que faltava Bulhões para formarem um brilhante escudo romano capaz de enfrentar qualquer inimigo. Mas, onde encontrar este assassino de touros?

Rubem é mesmo um frouxo. Comove-se com qualquer imbecil. E que faço aqui com este Colombo que vendia amendoim e era feliz? Rubem foi-lhe propor uma alforria que se esgotará ao amanhecer. Após o que terá que ceder seu lugar na redação, no apartamento, dar-lhe suas calças *jeans*. Se não for assim, Colombo enfuna de novo as velas e volta a respirar os odores fétidos desta baía. Sou tão estúpido quanto Rubem, nessa avenida inviável dessa cidade sitiada. Ele acusa-me de ser o carrasco que o corrompe diariamente. E só porque lhe faltam forças para comprar minha alma e imitar os meus métodos. Pergunta sempre se lhe mastigo a carne por conta do seu sabor, ou da minha fome. Ofende-me, mas eu o quero perto. Ele é o socorro que tenho. Estica as mãos quando caio bêbado na calçada. Não tem vergonha de mim, sacrifica o seu melhor lenço para limpar-me a cara, a mesma cara que igualmente registra a sua aflição.

Se o traio às vezes, é para chamar-lhe a atenção. Afinal, sou Pedro, não o quero distraído comigo, e com a vida. Ou desligado do mundo só porque vivemos e conhecemos o mesmo fracasso. Serei sempre o primeiro a abatê-lo com o chumbo de caça. E não hesito em raptar suas mulheres logo que ele deixa o apartamento. Só não me sirvo da sua própria cama. E, para penitenciar-me, conto-lhe tudo. Ele ameaça matar-me, vira-me a cara. Não aceita desculpas. Com tanta mulher você escolhe a minha, vai ver quer dormir comigo.

Será mesmo que quero conhecer o seu gozo e o seu suor através destas mulheres? Nessas horas, fico furioso, digo-lhe que estou pronto a perdê-lo. Não me fará falta, e não permito ofensas neste nível. Exijo, sim, o amigo que me estimule a abandonar a ilha em que estamos todos encarcerados, e transitar por terras onde ele, por exemplo, terá chegado primeiro e maravilhou-se porque a primavera o havia precedido. Rubem comove-se, conhece a lisonja quando o chamam de pioneiro. Quer enxergar o mundo primeiro que eu. Sua vocação para o esplendor é antiga, por isso chama os filhos das quatro estações do Vivaldi. Nestas horas, me pede dinheiro, assegura-me assim que estou perdoado. Posso de novo frequentar-lhe a casa, devolve-me a chave com o calor ainda do seu bolso, ali esteve o tempo da nossa desavença.

Mas, quando o surpreendo feliz, levo-lhe uma flanela para lustrar os chifres que lhe ponho. Ele diz que não presto, mataria pai e mãe por algumas moedas. Aplaco-lhe a fúria contestando o direito de propriedade sobre quem arrastou até o leito para testar o ardor. Como ousa falar de traição quando o amor, este, sim, vilão, tratou de esgotar-se primeiro. Tais argumentos o convencem por algum tempo. Só foi proprietário da ex-mulher, porque a semeou de filhos e jamais poderiam agora apagar do quadro-negro aqueles quatro blocos de carne. Ambos caíram na armadilha onde o tigre-de-bengala deu-lhes as boas-vindas antes de devorá-los.

Às vésperas do Natal, chama-me de Pedrinho. Me quer murcho e choroso. Deposita sobre a mesa as sementes dos bons sentimentos. Quer contrariar as armadilhas do destino, esconder a minha e a sua canalhice. Eu lhe faço ver que as nossas cáries dentárias estão entupidas de carne amiga. A carne que se mastiga é indistintamente do amigo e do inimigo. Ele reage, por favor, Pedrinho, uma vez ao menos seja feliz. Ofereço-lhe dinheiro como se fosse uma puta, quero abastardá-lo. Com que direito exorbita, me quer transformado em reles bolo de morango com recheio de *chantilly*. Acaso ser feliz significa dedicar-se a quem, com tocha acesa, promete ser seu para sempre e nos comprazemos com a segurança deste febril convívio?

Rubem é o imbecil que arrasto nas costas, o homem do bacalhau que promovia o elixir no bonde da minha infância: veja o ilustre passageiro o belo tipo faceiro que o senhor tem ao seu lado...

Será mesmo assim? Ou o versinho é do Rum Creosotado, e o do bacalhau é da Emulsão de Scott? A verdade é que Colombo padece das fulgurações da Pirajá. É hoje rei, Rubem fincou-lhe o cetro na cabeça. A coroação foi registrada pela insuportável monumentalidade do David francês, o pintor que levou a sério as medidas humanas. Colombo repete o próprio nome como se tivesse descoberto a América. Eu, porém, cubro a sua América com a lona de um circo ambulante, toda cheia de furos pela passagem das traças e dos vendavais. E não é assim a nossa história? Feita de merda, bosta, excrescência. Nossa alma exultante resfolegando entre os tremores da pororoca amazônica? Pobre Colombo, pobre de nós pelo que somos. Só porque no passado foi marinheiro, aceita que Rubem o infiltre com um senso de grandeza que ambos mijarão no final da madrugada. E aqui estamos em busca do tal amigo que em algum lugar se disfarça de mágico e faz crer a todos que o cotidiano é a ilusão da sua cartola. Mas, o que fazemos aqui, diante da áspera formação geológica da terra, diante de uma genitália faminta e dispersa e que nos observa com olhos mortos?

Enfurecido com Colombo que o havia acusado de assassinar animais e colheitas, Bulhões registrou-se no Hotel Vermont, sob o sobrenome de proeminente banqueiro, senador mineiro, cujas atividades visavam conduzi-lo à presidência. Esquivou-se, porém, em ceder à gerência amplas explicações sobre a figura paterna, apenas fez crer que o seu herdeiro ali estava em vilegiatura por Ipanema.

Por sete dias, Bulhões não deixou a suíte. E quando o intimaram a saldar a conta, enfatizou que, sob os cuidados daquele teto, não permitiria injúrias e suspeitas. Lisonjeado, o gerente pediu-lhe inúmeras desculpas, desdobrando-se em agrados. Trouxe-lhe variadas marcas de uísque, e muito mais providenciaria se Bulhões quisesse sonhar em voz alta.

Por toda parte, as pernas das mulheres recordavam-lhe os touros deixados com Colombo em instante de bravura. Em vão ensinara-lhe a proteger os animais das pragas e dos vendavais. Uns animais magníficos, capazes de procriarem com velocidade que nem a imperícia de Colombo deteria.

E mastigava o último pedaço de *pizza*, quando a ilustre dama ao lado convidou-o a participar da solidão do seu vinho. Mais tarde, em sua cama, Bulhões ofertou-lhe um corpo suado e um olhar que tinha a aspereza do cacto. A mulher sentiu-se invadida de água e de ímpeto que a fizeram recordar as grutas da Oceania. O amor durou algumas horas, ela reclamou do roxo das suas coxas. Como prêmio, ele cobrou-lhe um pijama de seda. A partir deste amor, não voltou ao hotel para recolher o que lhe sobrava de roupa. Provava assim ao gerente que herdeiro de organização tão poderosa tinha pressa em passar o país em revista, instruído que estava em descobrir se valia a pena comprá-lo.

Dirigindo o MP aberto, o vento tornou-se uma aspiração clássica. Pensava em Colombo a alimentar os touros com os próprios dedos que se regeneravam durante a noite. A mulher soluçava, o que te perturba, Colombo, pois este o nome que lhe dera. Bulhões consertava a fechadura do quarto, de onde não queria fugir. Trêmulo, a chave de fenda ia ao chão muitas vezes. Telegrafou à fazenda: se ainda vive algum animal, eu volto. No sétimo dia, teve certeza de que Colombo, milionário agora, e à custa do seu sonho, o havia borrado da memória. A ingratidão levou-o à doença, a mulher vigorava-o com leite e maisena. E sugando-lhe agradecido seus bravos seios, ele surpreendia a própria vida ali em pessoa a derramar-se sobre uma epiderme que não conseguia, no entanto, impedir as outras paixões humanas.

Antes de partir, Colombo o acusara, você jamais quis o esclarecimento, só a raiva. No colo agora da mulher, sonhou em desenterrar os leões que os ancestrais haviam transmitido a sua gene, para ornar-se com juba, pelos, caninos, que se eriçavam todos quando o desamor o acolhia. A mulher exigiu, ou voltas à vida, ou deixo-te solto, à deriva. Bulhões levantou-se, tomou banho, pediu-lhe oito horas de liberdade.

Este será o nosso último bar, disse Rubem. Colombo negou-se a obedecer, não se esqueçam que sou um veleiro prestes a descobrir esta pobre América. Chope para quatro, pediu Pedro. E por que quatro? No caso de seu amigo aparecer. Colombo escreveu no guardanapo: quando descobriu a primeira terra, das muitas a que assistiria nos dias subsequentes, sentiu Colombo a ferida do peito abrir-se, e justamente por onde deixava as lágrimas fugirem, e tudo por estar fundando um continente fodido pela morte, a injustiça e a miséria.

Que tal, para um vendedor de amendoim? Rubem aplaudiu o discurso merecedor de leitura em leito de morte. Quem sabe no meu? Pedro sorveu o último gole e não se conteve, então não vê, Colombo, que Rubem só quer usá-lo de isca, pescar com a tua alma, porque ele é um cristão filho da puta? Colombo repetia, ele só quis me encaminhar para um destino melhor, por favor, Pedro. E o abraçou de modo que Pedro se deixasse envolver pela vela daquele mastro girando agora em torno do próprio eixo. O chope de Bulhões está quente, disse Rubem, com lágrimas nos olhos. Não se preocupe que ele chega, e então eu farei bebê-lo pela goela abaixo, há de sofrer esta noite o que nós padecemos.

Colombo garantiu-lhes que se Bulhões surgisse voltava à riqueza. Tinha ainda a chave de alguns tesouros e primos que rimavam com fortuna. Sentemo-nos aqui até que nos expulsem. O dinheiro da mulher de Rubem consumia-se sem lamentos. Alice que se arrume com os quatro filhos. Precisei salvar Colombo com uma única noite de glória. Pedro escavava as unhas com palito, pensando em Júlio Verne, quem sabe se vai por debaixo da minha unha até o centro da terra. Uma descoberta que modestamente credenciaria a Vasco da Gama, a quem o povo brasileiro devia tantos favores.

Não se fira assim, Pedro, logo não estarei mais com você. Colombo passou-lhe a metade do seu chope. Mas Pedro resmungou, o problema não era o oceano que ele, Colombo, havia conquistado e continuaria a vencer, mas a tristeza diante de um tempo a esticar eternamente as nossas roupas umedecidas na corda. E, em cada roupa, Colombo, seguem nossas esperanças e o nosso suor.

O dono do bar avisou, em uma hora expulso todo mundo daqui. Havia que aproveitar os últimos sessenta minutos. Bebiam depressa quando Bulhões entrou distraído. Bulhões, gritou Colombo, em direção ao assassino de touros e colheitas. Bulhões disse, bem que a mulher me ensinou o caminho da amizade, deu-me liberdade na única noite em que poderia encontrá-los aqui. Rubem tomou-o como irmão e Colombo ofereceu-lhe perdão pelos animais dizimados. Mas, agora que já não temos razão para a discórdia, o que faremos com a nossa impiedosa felicidade, disse Pedro. Para Rubem, o mundo se simplificava. Meus amigos, enquanto o chope chegar-nos à garganta como uma flor do campo, tomemo-lo com delicadeza.

O encontro com Alice estava marcado para o anoitecer do novo dia. Entre eles estabelecera-se a certeza de um amável cumprimento no caso de Rubem entregar-lhe o envelope com o dinheiro em atraso. Pedro ainda sugeriu que se protegesse parte do dinheiro só para a mulher não se pôr aos gritos na rua, e logo as crianças ficarem sem pai. Rubem protestou, salvo-me para sempre, ou resta-me o naufrágio. E, depois, quem conhece o mar melhor que Colombo, nosso emérito marinheiro?

Bulhões não suportava o amanhecer, o destino é a gente tirar as sucessivas máscaras do rosto, disse, ameaçando arrancar a própria sobrancelha. A frase era galante, agradou a Pedro, só que as máscaras somos nós, e elas agora se derreteram, foram feitas de cera. O garçom apresentou a nota. A soma total arrastava para o fundo do mar o último dinheiro de Rubem.

I Love My Husband

Eu amo meu marido. De manhã à noite. Mal acordo, ofereço-lhe café. Ele suspira exausto da noite sempre maldormida e começa a barbear-se. Bato-lhe à porta três vezes, antes que o café esfrie. Ele grunhe com raiva e eu vocifero com aflição. Não quero meu esforço confundido com um líquido frio que ele tragará como me traga duas vezes por semana, especialmente no sábado.

Depois, arrumo-lhe o nó da gravata e ele protesta por consertar-lhe unicamente a parte menor de sua vida. Rio para que ele saia mais tranquilo, capaz de enfrentar a vida lá fora e trazer de volta para a sala de visitas um pão sempre quentinho e farto.

Ele diz que sou exigente, fico em casa lavando a louça, fazendo compras, e por cima reclamo da vida, enquanto ele constrói o seu mundo com pequenos tijolos. E ainda que alguns destes muros venham ao chão, os amigos o cumprimentam pelo esforço de criar olarias de barro, todas sólidas e visíveis.

A mim também me saúdam por alimentar um homem que sonha com casas grandes, senzalas e mocambos, e assim faz o país progredir. E é por isto que sou a sombra do homem que todos dizem eu amar. Deixo que o sol entre pela casa, para dourar os objetos comprados com o esforço comum. Embora ele não me cumprimente pelos objetos fluorescentes. Ao contrário, através da certeza do meu amor, proclama que não faço outra coisa senão consumir o dinheiro que ele arrecada no verão. Eu peço então que compreenda minha nostalgia por uma terra antigamente trabalhada pela mulher, ele franze o rosto como se eu lhe estivesse propondo uma teoria que envergonha a família e a escritura definitiva do nosso apartamento.

O que mais quer, mulher, não lhe basta termos casado em comunhão de bens? E dizendo que eu era parte do seu futuro, que só ele porém tinha o direito de construir, percebi que a generosidade do homem habilitava-me a ser apenas dona de um passado com regras ditadas no convívio comum.

Comecei a ambicionar que maravilha não seria viver apenas no passado, antes que este tempo pretérito nos tenha sido ditado pelo homem que dizemos amar. Ele aplaudiu o meu projeto. Dentro de casa, no forno que era o lar, seria fácil alimentar o passado com ervas e mingau de aveia, para que ele, tranquilo, gerisse o futuro. Decididamente, não podia ele preocupar-se com a matriz do meu ventre, que devia pertencer-lhe de modo a não precisar cheirar o meu sexo para descobrir quem mais, além dele, ali estivera, batera-lhe à porta, arranhara suas paredes com inscrições e datas.

Filho meu tem que ser só meu, confessou aos amigos no sábado do mês que recebíamos. E mulher tem que ser só minha e nem mesmo dela. A ideia de que eu não podia pertencer-me, tocar no meu sexo para expurgar-lhe os excessos, provocou-me o primeiro sobressalto na fantasia do passado em que até então estivera imersa. Então o homem, além de me haver naufragado no passado, quando se sentia livre para viver a vida a que ele apenas tinha acesso, precisava também atar minhas mãos, para minhas mãos não sentirem a doçura da própria pele, pois talvez esta doçura me ditasse em voz baixa que havia outras peles igualmente doces e privadas, cobertas de pelo felpudo, e com a ajuda da língua podia lamber-se o seu sal?

Olhei meus dedos revoltada com as unhas longas pintadas de roxo. Unhas de tigre que reforçavam a minha identidade, grunhiam quanto à verdade do meu sexo. Alisei meu corpo, e pensei, acaso sou mulher unicamente pelas garras longas e por revesti-las de ouro, prata, do ímpeto do sangue de um animal abatido no bosque? Ou porque o homem adorna-me de modo que quando tire estas tintas de guerreira do rosto surpreende-se com uma face que lhe é estranha, que ele cobriu de mistério para não me ter inteira?

De repente, o espelho pareceu-me o símbolo de uma derrota que o homem trazia para casa e tornava-me bonita. Não é verdade que te amo, marido? perguntei-lhe enquanto lia os jornais, para instruir-se, e eu varria as letras de imprensa cuspidas no chão logo após ele assimilar a notícia. Pediu, deixe-me progredir, mulher. Como quer que eu fale de amor quando se discutem as alternativas econômicas de um país em que os homens para sustentarem as mulheres precisam desdobrar um trabalho de escravo.

Eu lhe disse então, se não quer discutir o amor, que afinal bem pode estar longe daqui, ou atrás dos móveis para onde às vezes escondo a poeira depois de varrer a casa, que tal se após tantos anos eu mencionasse o futuro como se fosse uma sobremesa?

Ele deixou o jornal de lado, insistiu que eu repetisse. Falei na palavra futuro com cautela, não queria feri-lo, mas já não mais desistia de uma aventura africana recém-iniciada naquele momento. Seguida por um cortejo untado de suor e ansiedade, eu abatia os javalis, mergulhava meus caninos nas suas jugulares aquecidas, enquanto Clark Gable, atraído pelo meu cheiro e do animal em convulsão, ia pedindo de joelhos o meu amor. Sôfrega pelo esforço, eu sorvia água do rio, quem sabe em busca da febre que estava em minhas entranhas e eu não sabia como despertar. A pele ardente, o delírio, e as palavras que manchavam os meus lábios pela primeira vez, eu ruborizada de prazer e pudor, enquanto o pajé salvava-me a vida com seu ritual e seus pelos fartos no peito. Com a saúde nos dedos, da minha boca parecia sair o sopro da vida e eu deixava então o Clark Gable amarrado numa árvore, lentamente comido pelas formigas. Imitando a Nayoka, eu descia o rio que quase me assaltara as forças, evitando as quedas-d'água, aos gritos proclamando liberdade, a mais antiga e miríade das heranças.

O marido com a palavra futuro a boiar-lhe nos olhos e o jornal caído no chão, pedia-me, o que significa este repúdio a um ninho de amor, segurança, tranquilidade, enfim a nossa maravilhosa paz conjugal? E acha você, marido, que a paz conjugal se deixa amarrar com os fios tecidos pelo anzol, só porque mencionei esta palavra que te entristece, tanto que você começa a chorar discreto, porque o teu orgulho não lhe permite o pranto convulso, este sim, reservado à minha condição de mulher? Ah, marido, se tal palavra tem a descarga de te cegar, sacrifico-me outra vez para não vê-lo sofrer. Será que apagando o futuro agora ainda há tempo de salvar-te?

Suas crateras brilhantes sorveram depressa as lágrimas, tragou a fumaça do cigarro com volúpia e retomou a leitura. Dificilmente se encontraria homem como ele no nosso edifício de dezoito andares e três portarias. Nas reuniões de condomínio, a que estive presente, era ele o único a superar os obstáculos e perdoar aos que o haviam magoado. Recriminei meu egoísmo, ter assim perturbado a noite de quem merecia recuperar-se para a jornada seguinte.

Para esconder minha vergonha, trouxe-lhe café fresco e bolo de chocolate. Ele aceitou que eu me redimisse. Falou-me das despesas mensais. Do balanço da firma ligeiramente descompensado, havia que cuidar dos gastos. Se contasse com a minha colaboração, dispensaria o sócio em menos de um ano. Senti-me feliz em participar de um ato que nos faria progredir em doze meses. Sem o meu empenho, jamais ele teria sonhado tão alto. Encarregava-me eu à distância da sua capacidade de sonhar. Cada sonho do meu marido era mantido por mim. E, por tal direito, eu pagava à vida com cheque que não se poderia contabilizar.

Ele não precisava agradecer. De tal modo atingira a perfeição dos sentimentos, que lhe bastava continuar em minha companhia para querer significar que me amava, eu era o mais delicado fruto da terra, uma árvore no centro do terreno de nossa sala, ele subia na árvore, ganhava-lhe os frutos, acariciava a casca, podando seus excessos.

Durante uma semana bati-lhe à porta do banheiro com apenas um toque matutino. Disposta a fazer-lhe novo café, se o primeiro esfriasse, se esquecido ficasse a olhar-se no espelho com a mesma vaidade que me foi instilada desde a infância, logo que se confirmou no nascimento tratar-se de mais uma mulher. Ser mulher é perder-se no tempo, foi a regra de minha mãe. Queria dizer, quem mais vence o tempo que a condição feminina? O pai a aplaudia completando, o tempo não é o envelhecimento da mulher, mas sim o seu mistério jamais revelado ao mundo.

Já viu, filha, que coisa mais bonita, uma vida nunca revelada, que ninguém colheu senão o marido, o pai dos seus filhos? Os ensinamentos paternos sempre foram graves, ele dava brilho de prata à palavra envelhecimento. Vinha-me a certeza de que ao não se cumprir a história da mulher, não lhe sendo permitida a sua própria biografia, era-lhe assegurada em troca a juventude.

Só envelhece quem vive, disse o pai no dia do meu casamento. E porque viverás a vida do teu marido, nós te garantimos, através deste ato, que serás jovem para sempre. Eu não sabia como contornar o júbilo que me envolvia com o peso de um escudo, e ir ao seu coração, surpreender-lhe a limpidez. Ou agradecer-lhe um estado que eu não ambicionara antes, por distração talvez. E todo este troféu logo na noite em que ia converter-me em mulher. Pois até então sussurravam-me que eu era uma bela expectativa. Diferente do irmão que já na pia batismal cravaram-lhe o glorioso estigma de homem, antes de ter dormido com mulher.

Sempre me disseram que a alma da mulher surgia unicamente no leito, ungido seu sexo pelo homem. Antes dele a mãe insinuou que o nosso sexo mais parecia uma ostra nutrida de água salgada, e por isso vago e escorregadio, longe da realidade cativa da terra. A mãe gostava de poesia, suas imagens sempre frescas e quentes.

Meu coração ardia na noite do casamento. Eu ansiava pelo corpo novo que me haviam prometido, abandonar a casca que me revestira no cotidiano acomodado. As mãos do marido me modelariam até os meus últimos dias e como agradecer-lhe tal generosidade? Por isso talvez sejamos tão felizes como podem ser duas criaturas em que uma delas é a única a transportar para o lar alimento, esperança, a fé, a história de uma família.

Ele é o único a trazer-me a vida, ainda que às vezes eu a viva com uma semana de atraso. O que não faz diferença. Levo até vantagens, porque ele sempre a trouxe traduzida. Não preciso interpretar os fatos, incorrer em erros, apelar para as palavras inquietantes que terminam por amordaçar a liberdade. As palavras do homem são aquelas de que deverei precisar ao longo da vida. Não tenho que assimilar um vocabulário incompatível com o meu destino, capaz de arruinar meu casamento.

Assim fui aprendendo que a minha consciência, que está a serviço da minha felicidade, ao mesmo tempo está a serviço do meu marido. É seu encargo podar meus excessos, a natureza dotou-me com o desejo de naufragar às vezes, ir ao fundo do mar em busca das esponjas. E para que me serviriam elas senão para absorver meus sonhos, multiplicá-los no silêncio borbulhante dos seus labirintos cheios de água do mar? Quero um sonho que se alcance com a luva forte e que se transforme algumas vezes numa torta de chocolate, para ele comer com os olhos brilhantes, e sorriremos juntos.

Ah, quando me sinto guerreira, prestes a tomar das armas e ganhar um rosto que não é o meu, mergulho numa exaltação dourada, caminho pelas ruas sem endereço, como se a partir de mim, e através do meu esforço, eu devesse conquistar outra pátria, nova língua, um corpo que sugasse a vida sem medo e pudor. E tudo me treme dentro, olho os que passam com um apetite de que não me envergonharei mais tarde. Felizmente, é uma sensação fugaz, logo busco o socorro das calçadas familiares, nelas a minha vida está estampada. As vitrines, os objetos, os seres amigos, tudo enfim orgulho da minha casa.

Estes meus atos de pássaro são bem indignos, feririam a honra do meu marido. Contrita, peço-lhe desculpas em pensamento, prometo-lhe esquivar-me de tais tentações. Ele parece perdoar-me à distância, aplaude minha submissão ao cotidiano feliz, que nos obriga a prosperar a cada ano. Confesso que esta ânsia me envergonha, não sei como abrandá-la. Não a menciono senão para mim mesma.

Nem os votos conjugais impedem que em escassos minutos eu naufrague no sonho. Estes votos que ruborizam o corpo mas não marcaram minha vida de modo que eu possa indicar a rugas que me vieram através do seu arrebato.

Nunca mencionei ao marido estes galopes perigosos e breves. Ele não suportaria o peso dessa confissão. Ou que lhe dissesse que nestas tardes penso em trabalhar fora, pagar as miudezas com meu próprio dinheiro. Claro que estes desatinos me colhem justamente pelo tempo que me sobra. Sou uma princesa da casa, ele me disse algumas vezes e com razão. Nada pois deve afastar-me da felicidade em que estou para sempre mergulhada.

Não posso reclamar. Todos os dias o marido contraria a versão do espelho. Olho-me ali e ele exige que eu me enxergue errado. Não sou em verdade as sombras, as rugas com que me vejo. Como o pai, também ele responde pela minha eterna juventude. É gentil de sentimentos. Jamais comemorou ruidosamente meu aniversário, para eu esquecer de contabilizar os anos. Ele pensa que não percebo. Mas, a verdade é que no fim do dia já não sei quantos anos tenho.

E também evita falar do meu corpo, que se alargou com os anos, já não visto os modelos de antes. Tenho os vestidos guardados no armário, para serem discretamente apreciados. Às sete da noite, todos os dias, ele abre a porta sabendo que do outro lado estou à sua espera. E quando a televisão exibe uns corpos em floração, mergulha a cara no jornal, no mundo só nós existimos.

Sou grata pelo esforço que faz em amar-me. Empenho-me em agradá-lo, ainda que sem vontade às vezes, ou me perturbe algum rosto estranho, que não é o dele, de um desconhecido sim, cuja imagem nunca mais quero rever. Sinto então a boca seca, seca por um cotidiano que confirma o gosto do pão comido às vésperas, e que me alimentará amanhã também. Um pão que ele e eu comemos há tantos anos sem reclamar, ungidos pelo amor, atados pela cerimônia de um casamento que nos declarou marido e mulher. Ah, sim, eu amo o meu marido.

A Osman Lins, sempre presente.

"Fartou-se antemão do banquete da vida."
Machado de Assis, *Quincas Borba*

O Ilustre Menezes

BEM SEI QUE JÁ não sou o mesmo. Ainda que atrase o relógio, que trago sempre atado à presilha da calça, passa-me o tempo com demasiada pressa. E qual não é o meu espanto ao já não mais ver-me em 1860, mas já a pisar, e sem a firmeza de outrora, o chão de 1862. Eis dois anos decorridos sem a minha cumplicidade, deles sequer dei-me conta. Com mais frequência agora apoio-me na bengala encastoada a conversar com os amigos na esquina da Ouvidor. Sou o primeiro a aceitar que muito excedi-me no trato com as moçoilas, cada qual tão mimosa que havia que apreciá-las de perto. Nisto fraquejou-me sempre o coração, mostra-se ele mais forte que as promessas feitas em sinceros instantes de contrição. E aí está o Patek Philippe, presente de conhecido meirinho da praça, por serviço que lhe prestei, dando-me conta do tempo vencido.

Mas, se já não sou o mesmo, nem por isto dou-me por derrotado. Até pelo contrário, ciente do quanto os dias encurtam, lanço-me agora, e com mais desenvoltura, aos gostos que se provam nestas aventuras. A cada esquina lá está o destino a surpreender-me encarnado em formosas damas afeitas ao próprio brilho. Diligenciam-se elas muito mais com a perfeição dos próprios penteados do que nos pagam atenção. Logo a nós que lhes servimos com grande apuro, a começar pela aparência cuidada, desde as luvas de suedine, botas de couro da Rússia, até a pelerine negra no inverno e alvada no verão. E tudo, muitas vezes, por nada. Não nos concedem de imediato fartas regalias. Há que ir com paciência. Mas, também, a que outros haveres deve um homem dedicar-se nesta terra? Estas ruas da cidade, aliás, conspiram todas contra os instintos, estas agudas flechas que uma vez disparadas cravam onde não deviam, há que arrancá-las com arrebato e certa perda de sangue.

Hoje, sinto-me especialmente bem. Muito alivia-me o Natal quando se avizinha. Mais uma estação vencida galhardamente. Logo depois do almoço apurei-me na colônia, fui bem farto ao passá-la pelo corpo. Encareci a Conceição que se encarregasse pessoalmente de meus trajes. Afinal, um homem é a sua aparência. Como sempre, obedeceu-me. A bem da verdade, ela jamais me desagravou com atitudes hostis. E mesmo quando supôs que da rua eu trazia-lhe algum desgosto, nunca me levantou a voz. E não é feia, a minha Conceição. Ocorre apenas que os mesmos encantos que em outra mulher reluzem firmemente, nela, por mistério que não explico, simplesmente empalidecem. Com esta verdade, já estou bem conformado. Se ao menos Conceição soubesse rir!

Tratou D. Inácia de ensinar-lhe que o riso vai devagar afrouxando os costumes, nele apoiam-se unicamente os de educação modesta. Não se esquecendo a filha ainda que devia apagar no rosto justamente aquelas expressões reveladoras de íntimos sentimentos. De nenhum outro modo se fortaleceria o pudor, este, sim, virtude maior. A princípio, aplaudi-lhe o estímulo a uma graça que, na vida prática, entre lençóis, logo mostrou-se exagerada. Tanto assim que, mal eu a tocava, Conceição retraía-se toda, a tremer de frio, depressa recolhendo para dentro do corpo qualquer gesto que pudesse eu interpretar como generoso.

Jamais me ofertou delícias que se desdobram quanto mais as provamos. E embora não lhe veja gosto pelos atos íntimos, por força da Lei e da Igreja, não me eximo dos encargos conjugais. É dever que cumpro com parcimônia. E pergunto-me às vezes se tal frieza deve-se à pressa com que desincumbo-me de Conceição, sem poder explicar-lhe que é o amor um mistério que se renova justamente quando o estamos a desvendar. Não, não me penso em débito com ela. Se culpado há, é D. Inácia. Tanto alimentou-lhe o recato que Conceição parece regá-lo diariamente, como se fosse ele o seu jardim. E que nunca a deixou, mesmo à luz do dia. Basta que eu a olhe mais firme, para esconder-me o semblante, sob a vigília de D. Inácia, sempre a exacerbar-lhe esta qualidade.

Não vive a sogra senão para a filha. Já pelas manhãs, surpreendo-as trocando palavras logo abafadas à minha aproximação. Mas, não me ressinto. Que podem estar a fazer duas mulheres senão discutindo afazeres domésticos, outras preocupações não as atingem. Têm lá elas direito aos seus segredos, que afinal enfeitam-lhes o cotidiano. Também eu não as convido a tratarem de temas para os quais não demonstram competência. Deste modo, estamos todos bem. Não me ferem os interesses.

Só lamento a sogra a vigiar-me as saídas. Claro está que não as impede, carece de forças para isto. No entanto, teima ainda em dirigir-me expressões iradas a cada quinta-feira, quando regresso a casa na manhã seguinte. Sei que reprova o hábito de ausentar-me do leito conjugal uma vez na semana. Em certas noites, empenha seu prestígio para prender-me ao calor da sala, entretém-me com assuntos que me possam atrair. E porque não interrompe a fala, fico-lhe sempre a dever algumas palavras. Não me deixam a pressa e a própria D. Inácia dar por encerrada a palestra. Sempre indaga-me sobre os negócios. Se de algo tenho a reclamar, apesar de escrivão bem situado. Cedo-lhe breves informações sobre o cartório, enquanto esquiva-se Conceição em ouvi-las, quem sabe desconfiada que eu lhes faça chegar parte apenas de qualquer verdade.

Como prêmio, para certos infortúnios, tenho de Conceição a sua fidelidade e completa devoção ao lar. Assim, inimigo mesmo é o tempo a esgotar-se sem cerimônia. Dele, sim, tudo tenho a reclamar. Especialmente agora aos cinquenta anos, a saber que o próximo decênio me cortará ao meio o que hoje sobra-me. E pensar que Conceição, tão mais nova, dispõe de vigor que nela está em desuso, ainda assim sem poder ceder-me o que em breve estarei a necessitar.

Ao tratarmos dos esponsais, fiz-lhe ver que para ocupar-me do seu futuro, onde incluía-se D. Inácia, me tocavam encargos que a vida lá fora estava a cobrar-me. Não poderia ela compreender, por sua educação recatada, o quanto mostrava-se poroso e diversificado o destino de um homem ao caber-lhe o sustento de um lar. Não podendo o homem assim, e por esta razão, rejeitar as experiências que justamente abrem-lhe as portas que se manteriam fechadas não lutasse ele por descerrá-las. Jamais pensasse que tranquilo fosse o combate pela sobrevivência. Ao contrário, pelo que se podia tomar no homem como privilégio, pagava-se alto preço.

Conceição poupou-me de maiores explicações. Havia aprendido que entre casais baniam-se exatamente as palavras que poderiam exaurir o delicado tema. Desde a primeira noite decidiu pela obediência. Se a surpreendi alguma vez em discreto pranto, garantiu-me devê-lo às aflições tão próprias da natureza feminina. As alfaias da casa, os regalos que lhe chegam nas datas corretas, parecem aplacar-lhe qualquer ressentimento. Nunca se referiu ao meu casamento anterior. Ou quis saber se com Amélia fora mais feliz. Se porque existira em minha vida um outro amor, estava eu vacinado contra novo afeto. Sabia que ali Amélia vivera, pelos objetos que a outra havia comprado para deixar-me de lembrança ao falecer.

Não a fui logo introduzindo aos meus hábitos noturnos. Não queria a sogra em lamentos pela vizinhança, sempre nestes casos querendo a tudo arrancar de uma alma sofredora. Um escrivão, como eu, não podia expor-se sem cuidados. Na Corte, sabemos como os rumores logo espalham-se em prejuízo para o ofendido. Depressa os negócios se ressentem e menos moedas pingam na algibeira.

A primeira vez que ausentei-me por toda a noite, D. Inácia mal saudou-me. Reclamou das horas de sono perdidas, e nervosa roçagava a saia pelo corredor. Até trancar-se por meia hora no quarto com Conceição, advertindo-a, quem sabe, contra os avanços libertinos do marido. Ou aconselhando-a a fazer das lágrimas seu rosário de martírio. Sei que, de lá saindo, enfrentou-me com destemor. Tinha seus motivos a brava senhora. Defendia o que Conceição, desprevenida, estava ameaçada de perder. Fiz-lhe ver, porém, e em alta voz, para Conceição alcançar-me na alcova, que havendo padecido de certos transtornos à saída do Lírico, melhor me houve pernoitar fora de casa. Não queria os vizinhos a me pensarem um frascário, logo eu que tanto zelava pelo lar.

A espanar o canapé, a varrer seguidas vezes a nova alcatifa que cobria as tábuas da sala, ia D. Inácia encarregando-se de serviço próprio das mucamas.

— Se mal lhe pergunto, meu genro, a que espetáculo esteve a assistir?

Vi-lhe o esforço, sua última tentativa em defesa da filha. Aí estava uma peleja que me trazia gosto. Tinha eu todas as armas, havia que terçá-las com destreza, como me aprouvesse. Se devia-lhe pregar uma lição, aquele era o momento.

— Pois fui prestigiar a um jovem talentoso. Seu nome, se não estou enganado, é Machado de Assis. Deu-nos "O Protocolo", que estava bastante satisfatório. Contudo uma comédia muito mais para ser lida e não representada.

D. Inácia chegou-se a mim, as feições ainda contraídas, fazendo-me ver que, derrotada, queria-me sob a sua guarda.

— Nas poucas vezes que visitei o Lírico, e a outras casas mais, passei a preferir Adelaide Amaral à Eugênia Câmara — disse-me afinal.

Já no cartório, a meditar sobre os documentos a ganharem minha firma, e esbarrando nos cupins que festejavam os papéis com igual empenho com que avançavam por certas almas, aconselhou-me a prudência a não descuidar-me das trajetórias de Furtado Coelho, Lucinda Simões, mesmo Tamagno, ídolos de D. Inácia, de ouvi-los mencionados. Passou a "Marmota Fluminense" a suprir-me de informações que tratava logo de despejá-las frescas no jantar das sextas-feiras. Uma providência nunca exagerada para um escrivão já habituado a frequentar o Paula Brito, lá no Rocio, para ali entreter-se com amáveis tertúlias, quando merecia de alguns expoentes efusivas saudações.

Sem dúvida, consola-se D. Inácia em saber-me bom pagador e, ainda, por comentários que lhe chegam, bem parcimonioso nos gastos fora de casa. A verdade é que jamais me excedi, mesmo com Pastora. Pois se me quer ela próximo a si, não exija o que não estou obrigado a dar-lhe. Nunca lhe fiz chegar o que a poderia estar comprando. Houve ocasião que a quiseram intrigar comigo, garantiram-me, de sua parte, interesse vil. Este caluniador foi logo escorraçado. Como haveria de permitir, sem desprezar-me em seguida, que maculassem os sentimentos da mulher que me cedera, na intimidade, não somente seus ais, mas sua incorruptível confissão.

Corria a história de que lhe fugira o marido no terceiro ano de casamento, atrás deixando-lhe bilhete onde destacavam-se as palavras desterro e desesperança. Tal versão, naturalmente, indignando Pastora. Como estranhos podiam maltratá-la assim, quando, na verdade, dispuseram eles de grande vagar para íntimas despedidas, havendo para isto reservado toda a noite de domingo. Sabiam os dois que para viagem longa e acidentada, de que às vezes não se volta — ia ele para o Pará reclamar herança familiar, as palavras e as carícias trocadas valeriam, para quem ficava, e para quem partia, como precioso alento.

— E amaste tanto assim ao marido, o Sr. Bonifácio? — perseguia-me o ciúme, a querer arrancar-me pedaços que me fariam falta mais tarde. Para tal aflição, que não pude esconder, valeu-se Pastora, em meu socorro, da bilha com água. Pedi-lhe, porém, que me largasse ao próprio fado, como acudir-me quem trazia até o leito a fresca memória do marido.

Abraçada a mim, vi-lhe a desdita. Admitia haver velado de tal modo o retrato do Sr. Bonifácio, guardando-lhe severa fidelidade, que temeram-lhe os amigos a sorte. Instavam-na eles, aflitos, a receber a vida de volta, mesmo que para isto se expusesse ao opróbrio injusto. Nenhum argumento a convencera. Não tivesse eu surgido para apagar-lhe o luto, e nele estaria ainda mergulhada.

Pastora cultiva nessas horas a redondilha, manejando com desenvoltura os versos. Diz-me o que Conceição cala. Assim, à mesa, sorvendo a sopa, não furtava-me à fatalidade de compará-las em secreto juízo. De muito Pastora ganhava. Mas D. Inácia, ao passar-me depressa as travessas, não me deixa muito tempo a sós com tais pensamentos. À falta do que falar-me, preocupa-se Conceição com a sopa, se naquela noite não teria eu preferido uma simples canja de miúdos.

Vem-me à cabeça o ímpeto de pedir-lhe que só dirija-me a fala em casos de extrema necessidade. Contendo-me, porém, termino por sugerir-lhe a leitura. Far-lhe-ia bem o Dr. Macedo. A inocência de Moreninha pareceu-me sempre fagueira.

— E quer que eu lhe traga alguns títulos novos, recém-chegados de Portugal?

Conceição ressente-se, desgostam-lhe certamente minhas palavras. Mas, discreta, alega falta de tempo para estes entretenimentos, a casa ocupa-lhe todas as horas. Carece Conceição do tempo que, Deus louvado, a mim, no cartório, está a sobrar. Talvez seja melhor assim. Há leituras que nos suprem com sonhos que a realidade mesmo não comporta. E se lá fosse Conceição ao seu encalço, teria que abater-lhe as asas. Não, não me permito contratempos domésticos. A vida, a tenho bem azeitada. Bastam-me as exigências de Pastora, implacável a qualquer atraso. Obriga-me a corridas que excedem de muito às minhas forças. Em compensação, se lhe chego no prazo, regala-me com o bom vinho do Porto e biscoitos amanteigados, mal retira a aldraba da porta. Estes cuidados permitindo-me delicados ósculos na alvura dos seus pulsos, dali meço-lhe as batidas do coração.

E quando estou avançado nas carícias, interrompe-me Pastora para que descreva-lhe a casa, não posso então esquecer um só objeto ao arrolar-lhe os bens. Precisa Pastora certificar-se de que os objetos falariam por ela, mesmo se não mais vivesse entre eles, se ausentasse por alguns dias. Foi graças aos seus caprichos que atraíra-os à casa, tirava-lhes a poeira, havia-lhes, enfim, assoprado o que dizia ser sua última forma. A esta ideia, ela sempre se enternece.

Apesar do enlevo com que tece elegantes figuras com as palavras, e enrubescer quando de amor trata, muitas vezes na intimidade Pastora mostrou-se tão distraída quanto Conceição. Havendo eu que convocá-la de novo ao nosso festim, urgi-la a regressar à terra, só aqui encontrava-se a salvação. Nestes momentos, pede-me desculpas, há que entender, segundo ela, esta alma feminina que, até mesmo em frangalhos, teima em sorver da taça sua inexcedível dose de sonho.

Agora, todos nós à mesa, confiro os traços de Conceição. Distante assim, e talvez pelo vinho, ganham suas faces certo brilho. Mas, se lhe dissesse eu que ganharia viço com a pintura reforçada, rasgando um pouco mais o decote, não me devolveria sequer um olhar grato. Seu rosto filtra igualmente o desgosto e a ilusão. Tanto é o seu controle que no meu velório não derramará lágrimas. Se acaso ama-me, Conceição nunca me confessou. Não lhe permite o pudor qualquer extravio. Alisa, sim, as minhas roupas e devolve-as já impregnadas de colônia. Por minha vez, recompenso-a com delicadeza, jamais voltei a casa sem banhar-me antes, tratando de apagar marcas e perfumes que ela possa descrever com raiva e brios.

Uma coisa não pode ela, acusar-me de finório, destes que dilapidam o nome e o patrimônio comum. Não darei a Conceição outros motivos de queixa além dos que já tem. Os direitos que lhe assegurei, devem tranquilizá-la. Pode D. Inácia testemunhar a meu favor. Ela própria desfruta de invejável conforto, com que se regala toda. Às duas presenteio com toda sorte de adornos. Hoje mesmo, pela manhã, fiz chegar à Conceição precioso cartucho, destaca-se nele em ouro um cervo que o caçador persegue entre folhagens.

Comprei-o no belchior vizinho ao cartório, custou-me pequena fortuna. Conceição levou a joia ao peito por instantes, largando-a depois sobre a cômoda, fez-me ver que oportunamente a usará. D. Inácia perdeu-se em elogios, alguns, suspeito, bem falsos.

Em julho, fizemos cinco anos de casamento. Achei que a efeméride devia estender-se por toda a semana. Assim, diariamente, fiz-me presente na casa e no leito. E, na quinta-feira, quando jamais Pastora faltou-me, rasguei, diante de Conceição e D. Inácia, o bilhete do Lírico comprado especialmente para este fim.

— Fico em casa nesta data. Deixo o teatro para a semana entrante. Ele não me há de escapar.

Esparramado o papel picado pela mesa, queria-as subjugadas ao meu gesto. Vissem o meu empenho em agradá-las. Mas, para meu desgosto, D. Inácia pôs-se a lamentar. Considerava desperdício o meu feito, em vez de rasgá-lo, melhor teria sido adquirir mais dois bilhetes para irmos todos ao Lírico. D. Inácia tinha razão, mas sua proposta envolvia também certos riscos, não havia que estabelecer novo hábito, ou forçá-las à fantasia que é do teatro estimular. Constrangido por querer D. Inácia provar-me inábil nas coisas do coração, reagi firmemente. Com o sangue a subir-me às faces, expliquei-lhes que permanecer na casa, naquela noite, seria um regalo que unicamente Conceição estava em condições de apreciar.

D. Inácia simulou não haver ouvido. Punha-se de pé e sentava-se com impensada ligeireza. Até que trouxe-nos bolo de fubá e cafezinhos. Por sua vez, Conceição tomou do bastidor, apreciava o trabalho à distância da vista. Decidido, porém, a constrangê-las, chamei Conceição a mim, que me acompanhasse no licor, ia-lhe aquecer o corpo a doce quentura do pêssego no cálice. Vi-lhe o rubor, como se aplicasse carmim no rosto. E o transtorno até que dava-lhe certa graça. Despertou-me desejo de afagar-lhe as mãos cruzadas à altura do baixo-ventre. Se nisto pensei, mais depressa acariciei-a. Pelo olhar, Conceição forçava-me a desistir. Até que, não mais suportando, levantou-se a pretexto de chamar Suplícia, urgia que a mucama fosse ao boticário curá-la da enxaqueca.

— E dói-lhe muito? — falei-lhe algo pícaro. Em seu socorro, D. Inácia tomava-lhe da mesma mão que antes eu afagara. Querendo apagar as expansões de um esposo e que tanto doíam-lhe. Já no leito, debrucei-me sobre Conceição disposto a provar-lhe que as palavras à mesa se legitimariam em ato real. Conceição foi pronta na resposta. — Ah, Chiquinho, como chamava-me às vezes, que enxaqueca será esta, meu Deus!

Pastora recebeu-me indiferente. Como a podia ter abandonado quando mais me necessitava. Fez-me ver que de algum modo devia compensá-la pelos maus-tratos. Ao pé da cama, lancei-me às carícias que há muito não nos devotávamos. E tanto haviam estas carícias se distanciado de nós que, agora revividas, encantavam Pastora. Encarecia-me a jamais esquecê-las, precisamente elas, mais que outras, acercavam-se do seu coração com veloz ardor. Eu via as horas e as minhas forças rapidamente extinguirem-se. E muito porque surgira-me, recém-chegada da terrinha, uma cachopa de cor trigueira, cabelos enrodilhados no alto da cabeça, olhar trocista, que havia-me apresentado o escrevente juramentado Soares, sempre empenhado em agradar-me. Adivinhava-me ele as fraquezas.

— E quem não as tem, Sr. Menezes.

— E tem o amigo razão. Melhor as deste tipo, que a bebida ou a prodigalidade. Estes, sim, vícios a que se atendem em grave prejuízo do lar.

A portuguesa Delfina parecia-se à Cleópatra da gravura que enfeita-nos a casa sobre o canapé, ao lado do espelho. Quantas vezes não cobicei a rainha do Nilo, que a história e o tempo haviam-me roubado. Não me teria ela escapado a passear pelo Jardim Público. Que aflições não me causariam esta mulher! Conceição parecia adivinhar que em seu seio nascia uma víbora. Certa vez protestou contra a presença daquelas mulheres, pois eram duas gravuras, uma próxima à outra, que melhor estariam num salão de barbeiro, a algaravia do local casando-se bem com elas.

Estranhei que soubesse descrever os logradouros masculinos, não a pensava ocupada com tais assuntos. Mas, alegou Conceição que servia-lhe a imaginação para cobrir certos vazios, sem falar na intuição a segredar à mulher o que, no recesso do lar, estava vedada de saber. A tais explicações, dei-lhe mostra de descontentamento, enveredava ela por caminho inconveniente. Ao perceber-me o desgosto, Conceição logo emendou-se. Era a primeira a considerar que jamais se conciliaria com os locais públicos e os salões mundanos, em ambos sobejavam o pecado e a soberba. Em casa, estava-se a salvo dos desmandos. Agradeci-lhe o senso correto e o recato, que também o caro Soares apreciava. Tanto que sempre buscou ele na voz um tom que, sem ofender-me, resumisse seus cuidados por ela.

— E como está D. Conceição a passar? Santa e prendada senhora ali encontra-se, Sr. Menezes.

Apesar das belas maneiras do escrevente juramentado, dele eu queria notícias de Delfina, a faltar-me aos encontros, só para eu padecer. Até que chegaram-me, por meio do constrangido Soares, a nossa Celestina, as palavras da rapariga, escritas no frontispício dum alfarrábio: "Se de mim nada consegues, não sei por que me persegues, constantemente na rua; sabes bem que sou casada, que fui sempre dedicada, e que não posso ser tua; lá porque és rico e elegante, queres que eu seja tua amante, por capricho ou presunção; eu tenho um marido pobre, que possui uma alma nobre, e é toda minha paixão. Rasguei as cartas sem ler, e nunca quis receber joias ou flores que trouxesses."

Tratava-se de uma grande mentirosa, pois nem marido tinha. Só com propósitos vis carregara nas tintas, enquanto buscava com afã quem lhe montasse um sobradinho em São Cristóvão, queria-o com quintal e mangueiras frondosas. Encontrei-a quinze dias mais tarde. Sentia-me bem, naquela semana concedera-me Pastora tal ardor que podia agora resistir às atrações da portuguesa. Tirei-lhe a cartola e ela, a medir forças, devolveu-me o sorriso que há muito eu observava na Cleópatra da casa. Cheguei-me à Delfina.

— A que devo, senhora minha, a honra de tal sorriso?

Para meu espanto, e para não mais confiar em sua natureza cercada de mimos e pejos que mais próprios estariam num ramilhete, disse-me:

— Não me vendo, nem me dou.

E afastou-se faceira, deixando-me no rosto sua fragrância jasmim. Quis segui-la, exigir explicações. Temi, porém, que me repelisse, armasse escândalo. Um escrivão como eu, a quem certas damas favorecem, sem que por isto haja vencedores e vencidos, não seria alvo de chacota e de injúrias, a passar por tal vergonha. Não estava disposto a aguentar as bernadices de uma rapariga.

Conceição adivinhou-me ferido, pois desdobrou-se em cuidados, como a tratar de um enfermo. Vi-lhe gosto na operação, a solidariedade de uma alma nobre. No jantar, além da sopa, descreveu outras iguarias. Já no quarto, pediu-me água, e que apagasse o candeeiro, naquela noite tinha pressa em dormir. Não sei por que, mas quis-lhe perturbar o sono.

— Não ando bem de saúde. Só espero que não me acuda a ingrata apoplexia.

E não estava longe da verdade. Pois andam-me passando certos percalços. Por qualquer cousa, a cabeça lateja-me, como se dela pendesse uma bola de chumbo. Nestas horas de aflição, Pastora tem-me afortunado com afeto, mostra-se grata com os regalos que lhe faço. Todos bem modestos, não sou quem se prodigaliza nesses casos. E certamente censuro aquelas que se inclinam e exigem o fausto. Devia-lhes bastar o afeto que se deixa na antecâmara. Pastora é sensível, alivia-me a cabeça com artes minuciosas, traz-me beldroegas da sua chácara. E, logo restaurado, posso tirar da boceta o fino rapé inglês e levá-lo às ventas, provar-lhe a delícia.

A ameaça de que estava a ir-me muito breve não comoveu Conceição. Apoia-se na certeza de que, à minha morte, hão de restar-lhe alguns bens. A casa de Catumbi é um razoável legado. Apesar do gênio de Amélia, mais irascível que o meu, e dos desgostos que lhe terei causado, segundo o que dizia-me, não lhe sobrou remédio senão indicar-me único herdeiro. Ah, como combateu-me a assiduidade junto ao teatro, aquela obsessão que a excluía sem piedade. Eu oferecia-lhe razões, não podia levá-la, à saída do teatro, aos locais impróprios, onde contudo realizavam-se as melhores transações comerciais. Apoquentava-me Amélia aos gritos, a indicar-me frequentemente a soleira da porta. Suportei-lhe bem os ressentimentos, as inúteis lágrimas, em troca premiou-me com o sobrado, alguns títulos, o mobiliário, terrenos em Petrópolis, e as escravas. Um cabedal que sem dúvida folgou-me bem.

Inconformada, a família de Amélia pagou-nos assíduas visitas, cobrando-nos pitéus e bebidas fortes. Suportou-os D. Inácia até a noite em que cerrou-lhes a porta, comunicando pela janela que estávamos de saída para a novena, não era do seu feitio reservar hora para as obrigações sociais. Nogueira, porém, jovem primo de Amélia, pediu-nos hospedagem, e benevolência também. Vivia em Mangaratiba, e estava a necessitar dos estudos avançados da Capital.

Com ele, comovi-me, sabia-o capaz de honrar-nos com brilhante futuro na Corte. Ponderei a D. Inácia o que nos custaria um menino que, aos dezessete anos, revelava cortesia e discrição. Por cima, seria para Conceição como um filho.

Tão tímido o Nogueira que, à mesa, afunda o rosto no prato, furta-se assim ao diálogo. Parece incomodado junto às mulheres. Um recato que vai-lhe bem, quando o temos como hóspede. Jamais confiaria a casa a um atrevido, pronto a magoar-me ao ferir Conceição. D. Inácia foi a primeira a querer-lhe bem. Faz questão de servir-lhe o prato. Gaba-se a sogra de restaurar as debilidades humanas, quem lhe chega fraco, acode-se em suas palavras e em seus pratos quentes. Conceição, porém, tem resistido ao Nogueira nesses nove meses. Jamais a surpreendi num gesto afável, embora com ele tampouco seja rude.

Nogueira tem o gosto da leitura. Sempre com um livro entre os dedos, na faina de suspirar por eles. Certa manhã, sugeri-lhe a deixar os livros para trás, seguindo-me até onde encontravam-se certos prazeres viris. Pareceu não entender-me. Olhou-me como se estivesse a propor-lhe tarefa de que se envergonhasse mais tarde, quando o fato é que seu corpo atingia-me quase em altura. Deixei-o com fé que me buscasse um dia. Mas, jamais procurou-me. Ignoro agora se já abeberou-se nas delícias da vida.

Disse-me ontem Pastora:

— Sinto-me só, Menezes, queria-o comigo na ceia de Natal.

Fiz-lhe ver que não atenderia ao seu convite, talvez provasse de seus petiscos pela madrugada. Mas, primeiro vinha a casa. Não me furtaria ao encargo de cear junto aos meus. Tínhamos o hábito de bebericar a partir das seis, eu já vestido de modo a retirar-me após o repasto. O vinho casto, sempre o mesmo com que celebrávamos essas noites, ia sem pressa dispondo-nos para a fartura da mesa.

Este ano contávamos com o Nogueira. Para ele será seu primeiro Natal na Corte. Não sei por que, mas, olhando-o agora, vi-o de repente sobranceiro, a tagarelar como nunca, a fazer-se homem à minha frente. Esta sua exaltação anunciando-me que sua presença na casa brevemente seria incômoda. Não quero molestar-me agora com tais problemas. São estas horas de alegria. A única pressa que vou tendo é dar o Natal por encerrado, sempre a pretexto do teatro. Naquela noite, Pastora teria os seios quentes como uma castanha.

Uma única vez pediu-me Conceição que a levasse à Missa do Galo. Contrariei-a então com a desculpa que o fausto da cerimônia constrangia-me. Mas, que tinha permissão para ali ir na companhia da mãe. Desagradada, não voltou mais ao assunto. Entre garfadas, Nogueira revela-nos o que sabe da Missa do Galo, julgada soberba pela presença de respeitáveis figuras do Império. A oportunidade parecia-lhe preciosa, quando lhe estaria assegurada nova temporada na Capital?

Nada lhe disse. A leitoa pururuca, sobre a toalha adamascada, soube-nos como nunca. Destrinchei-a com o gosto de conhecer-lhe a anatomia. Com que prazer fartaram-me as fatias douradas, rabanadas, corrigiu-me D. Inácia. Saboreei-as já pensando em Pastora.

— E pensa assisti-la desacompanhado? — digo a Nogueira, enquanto Conceição lambe ainda a última iguaria. Tem apetite nesta noite, abusou até do vinho tinto. Quanto a mim, faltam-me quinze minutos para deixá-los.

— Estou ajustado com um vizinho. E, para tal, penso não dormir. Combinamos um encontro às onze e trinta.

— Previno ao primo, porém, que todas as missas se parecem. É a mesma missa da roça. E muito terá a esperar até a meia-noite. Não lhe farei companhia e os de casa têm por costume recolher-se cedo. Veja, aliás, como encontram-se já sonolentas. Há pois de guardar vigília sem perder a missa. Não vá cair no sono sem assisti-la. Faço agora questão de recolher suas impressões pela manhã.

Como folga-me a alma ir ao encontro da noite, tomar do seu perfume a vaticinar boa fortuna. Dentro da berlinda, hei de contar os minutos que me apartam de Pastora.

Nogueira sorri-me. Também ele nunca me vira a falar-lhe tanto. A confessar-lhe que, rapazola ainda, havia festejado a mesma missa com igual ânimo.

— Peço-lhes licença. Faz-se tarde agora. — Volto-me para Conceição, falo-lhe: — Não vai recolher-se, D. Conceição? — Adotávamos tratamento cerimonioso nas noites de minha ausência. Ela aquiesce com a cabeça, mal ouço-lhe a saudação. E já está a esgueirar-se pelo corredor, quando D. Inácia, que a segue sem ao menos haver-me dirigido um só olhar, volta-se a nós.

— Mas, Sr. Nogueira, que fará você todo este tempo?

— Vou dedicar-me à leitura, D. Inácia.

Já com o volume nas mãos, tratava Nogueira de acomodar-se à mesa da sala de jantar, trazendo a si o candeeiro de querosene.

— Se não há mal em perguntar-lhe, primo, que é que vai ler até a sua Missa do Galo.

O primo levanta-se, acompanha-me à porta. Dá-me o beneplácito, sem esquecer de acrescentar:

— Leio *Os Mosqueteiros*.

Ah, belo rapaz esse Nogueira!

Finisterre

ABRACEI-O E DISSE, ESTA então é a Ilha prometida? Fez que sim com a cabeça. Há muito eu devia-lhe a visita, cruzar o mar, aproximar-me dos relevos da Ilha, juntos haveríamos de comer do mesmo pão.

Tinha agora setenta anos, mas bem mais jovem havia-me tomado nos braços e arrastou-me até a pia batismal. Esperei que chegasse antes da minha morte, confessou. Tomei-lhe a mão, vamos passear. Sinto-me livre pela primeira vez em muitos anos. Ele aceitou que eu mergulhasse na nova terra através da sua sabedoria. Havia nele reservas de luz e ainda uma sombra que eu contornava para não esbarrar contra as árvores.

Em casa, me fez servir o café. Traguei como se fosse suor. Ele aprovou que eu esquecesse a amargura da grande cidade, os desfalecimentos da vida anterior. Se ficasse aqui ao menos dois dias, eu lavaria sua alma. Agradeci, mas meus compromissos eram de cruzar novamente o mar, deixar a Ilha, evitá-la quem sabe no futuro.

Os amigos apareceram. Pepe, Juan, Antonio, quem mais? Faltam muitos ainda? Muitos, disse-me, todos na Ilha são amigos, e aos inimigos engulo como a sopa acalentada com o sopro das minhas gengivas de velho. Ri com o seu ímpeto pelo combate, por ainda precisar viver. Aprenderei com o senhor a resistir aos vendavais e às pestes. Sorriu com o elogio que lhe soou póstumo. Quando você era pequena, intuí que me daria trabalho. E isto porque desejava acompanhar seu destino aonde quer que você fosse. É deste modo que eu amo.

Pedi ao padrinho que me explicasse a mim mesma, eu queria provar-me como se fosse um vinho rascante. Sim, você crescia frondosa, e não me levava o nome. Mas, em todas as solenidades estive perto. Acompanhei-te na primeira comunhão, nas formaturas, nas vigílias, te imaginei na penumbra fazendo-se mulher. Não tive filhos, talvez te nomeasse filha para privar com um sentimento que só intuí através de você. Você foi o segundo amor que tive, o primeiro destinei à minha mulher, que também amas, olha-nos ela agora à distância, ingênua e criança. Parece que não envelheceu. Sou quem lhe preserva a juventude. Ama-me sem saber que rejuvenesce graças ao meu empenho. Sou quem lhe oferece a custódia da juventude. E você, como se fará jovem um dia, se não estarei vivo para salvar-te?

Olhei-o firme, fique tranquilo, padrinho, hei de salvar-me à custa dos próprios escombros. Por isso vim à Ilha, recolher força e origem, terei então vida por tempo ilimitado. Abraçou-me outra vez. Te introduzi à natureza desta terra, à comida dos ancestrais, mesmo aos mariscos te introduzi, e a que mais devo levar-te para que abandones a Ilha pródiga e cheia de fontes? Verá que me faço forte entre a gente do meu povo, e com a memória dessas pedras, desses arbustos. Vamos agora almoçar, ele comandou.

Primeiro, os siris alerta, patas movediças que me ameaçavam levar às costas vermelhas, ao Finisterre. Resisti a que eles me expulsassem da sala só porque haviam habitado primeiro as pedras amarradas à Ilha. Por vingança, esmaguei-lhes as patas, suguei seus tentáculos. No entanto, eram miúdos e inofensivos. A dor maior seria alimentar-me dos centolhos, eles, sim, gigantes dos mares de Sinbad, povoando a costa espanhola para alertar o espírito de Ignacio, obscurantista e mago. Ocupavam os centolhos o centro da mesa, cedi-lhes meu lugar e, ao mais robusto da espécie, disse, querendo te convido a bailar a valsa dos quinze anos.

O animal escancarou a boca, eu ignorava se tinha sexo, se me queria devorar, ou se bastava que eu lhe enfiasse o dedo pelas entranhas, para banhar-me de suas vísceras e de suas correntes marítimas. Onde se localizaria o coral desta criatura de patas terrestre, logo o coral, a parte menos intransigente do seu corpo e a mais saborosa? Padrinho, busque o coral para mim, é terno, vermelho, ligeiramente amargo, e se não me cuido ele me devora, mas quero comê-lo com a boca aflita, hesitante, orgulhosa.

Com o garfo, ele mergulhou diversas vezes nas entranhas do crustáceo, e trouxe-me como um caçador de esponjas o coral ambicionado. Mastiguei a delicada porção de olhos fechados, fazendo amor com um coral nascido de recantos primevos, de uma carapaça mais antiga e sólida que a minha pele. Padrinho, com que direito exalto a tua terra, envelheço comendo os teus animais maliciosos, que têm espírito de ilha, sem serem ingleses, colonialistas educados.

O padrinho premiou-me com mexilhões, que, estúpidos e ambiciosos, deixam-se prender às plataformas imitando terra. Depois, as amêijoas, as vieiras, sim, elas próprias arrastando o denodo das peregrinações jacobinas. Até onde iremos com tantas referências culturais, padrinho. Para mim, a vieira é ainda a concha peregrina de Santiago. Os peregrinos as mergulhavam nas águas boas e nas águas más, ao longo do trajeto, a vida dependia delas, queriam evitar os poços e os riachos envenenados. Ou mesmo as questões de fé.

Ele pressentiu que o vinho e os animais da casa me perturbavam. Contrário a ele, que jamais perderia as próprias raízes quando eu tomasse o barco de regresso. Cabia-lhe, pois, cuidar que eu levasse de volta ao Brasil os mesmos olhos com que chegara. Sem perder a nacionalidade, este cravo espetado no coração. Padrinho, sou uma brasileira aflita com as trilhas do mundo. Assim, até um centolho ameaça o meu futuro, força-me à vigília, ensina-me a honra e a incerteza ao mesmo tempo.

Trouxe o cozido banhado de luar e gordura. Aquele porco precisamente havia sido educado distante dos detritos marítimos, capazes todos de deformarem a melhor carne que um animal da terra teria a oferecer-nos. Mas, para que também usufruísse da Ilha, permitiram ao porco absorver o cheiro do mar, a maresia não lhe estragava a carne. Durante a semana, alimentava-se de milho, mas aos sábados e domingos o regalavam com castanhas e batatas. Prove desta maravilha, afilhada, até Deus perdoa este pecado de orgulho.

Com os olhos cerrados mastiguei a carne, garanti-lhe a sobrevivência na memória. Pelo resto da vida hei de cantar esta carne, padrinho. Ele apreciou que também eu tivesse recebido a educação que identificava os sumarentos detalhes cultivados por eles, a vida não podia ser frugal, seca, sem ilusões. A vida, afilhada, deve permitir excessos. Beijei-lhe a mão, levada pela emoção e pelo vinho tinto que borrava a taça de porcelana. Meus lábios emitiam sons com dificuldade e, apesar da civilização *gallega*, eu lutava pela fala.

O repasto estendeu-se por duas horas. O padrinho exibia os tesouros que eu tomava nos braços. Dirigia-me a eles conhecendo-lhes origem, paladar, razão de ser. Afinal, saíra do ventre montanhês daquela raça, eu os havia deixado levada por correntes marítimas, assim poderia regressar a ela sempre que quisesse, especialmente porque os ibéricos navegavam assaltados pela emoção. E havia ainda a morrinha, que não é o cheiro deformado da carne, mas a deformação da saudade — consentindo que eu a tomasse no peito, a espargir-me com seu espírito de aventura.

Salve a terra, padrinho. A que terra queres homenagear, afilhada? A terra do mundo, a terra em que pisamos todos ao mesmo tempo. A terra em que se voa através dos sonhos, como nos ensinaram os celtas, estes desgraçados irlandeses, a que nos filiamos. Só que não quero, como os druidas, matar, apesar da minha paixão pelas árvores, as pedras, a noite que nos perde. Ele sorriu, depois do conhaque, vou te levar pelos caminhos da Ilha.

Repousamos meia hora. Ele me prometera a eternidade se saísse viva da Ilha. Hás de dominar a arma que enfiem em teu corpo. Comprometi-me com ele que sobreviver era a mais longa aprendizagem. Andando pela Ilha, a brisa das rias *gallegas* me sufocava. Devia respirar com naturalidade para apossar-me do próprio corpo, que me parecia novo agora. A quem mais preciso conhecer para conhecer a todos? O padrinho riu, sei da tua inquietação, mas respeite minha capacidade de surpreender-te. Pedi-lhe desculpas em nome de uma voracidade que estava em todas as partes. Acaso aprenderia a viver em paz com ela?

Tomou minha mão, não te quero apaziguada, ainda que eu já tenha morrido. Você é a minha última certeza. E se sobreviver a mim, terei prolongado minha vida na terra. Saberia ele realmente da minha vida, se lhe escondi sempre as sombras retocadas com uma breve luz? Mas, ofertando-me a terra, ele simplesmente identificava minha vocação para a vida. Disse-lhe, sou o céu e o inferno entrelaçados. Pareceu não se importar. Veja aquela roca, indicou-me a única parte alta da Ilha, uma vegetação carbonizada.

Não é verdade que quis ser pássaro na infância, e sonhou desprender-se dali? Concordou e acelerou em seguida os passos. Tinha hábito de correr, apesar da idade. Atravessei o Atlântico, as terras castelhanas, as rias, e o que mais vencerei para ouvir-te, padrinho? Visitemos agora os que se aprontam para morrer. Através da piteira expulsava nervoso a fumaça do cigarro. Não tragava nenhuma espécie de vida por muito tempo.

Detivemo-nos diante do sobrado de pedras de dois andares, pertencente a um ramo materno. Ali, o padrinho aprofundaria o orgulho que sentia por mim. Eu era parte da América onde ele desbravara certos sonhos, dobrara-os entre as camisas, as calças, os paletós, e objetos domésticos, até trazê-los de volta. O meu rosto, embora exaustivamente descrito por ele, haveria de constituir-se de verdade à medida que me expunha à curiosidade pública.

Abriu o portão, chegou a hora, confessou. Segui-o pelas escadas, do lado de fora da casa. Do segundo andar, via-se o mar cercando a Ilha em círculos. Uma Ilha ocupada, pensei, entretida com pêssegos, peixes, pescadores, redes, quem sabe arpões. Sejam bem-vindos, dizia Maruxa esmagando-me com afagos. O corpo pronto ressentindo-se com os sucessivos atos de apertar as mãos, beijar rostos, recuperar gestos que os ancestrais instauraram entre nós na esperança de que os copiássemos.

Sentada à mesa com farta fruteira no centro, de tal modo iludi-me com o amor que em vez de frutas pensei ver mariscos manietados com barbantes. Eu mastigava homens, mulheres, crianças, para não esquecê-los. Viera da América com visível sinal de antropofagia. Havia chegado o momento de a América recolher de volta os tesouros, arrastá-los até as naus prontas para o embarque. Em todos os portos, eu dispunha de barcos.

Agradeci o café com gestos galantes, que eles entenderiam. São raros, aliás, os que compreendem os sintomas da galanteria. Alguns chegam a pensar que é expressão de um sistema decadente, outros a tomam como disfarce de verdade que não ousa vir à tona. Quando ser galante é agradecer a fruta trazida na bandeja e que talvez te incomode no futuro, mas de que não se pode privar se realmente almeja-se a vida, a coragem de privar com os costumes humanos. E ser galante, padrinho, não é evitar a morte alheia por motivos fúteis?

Tinha o padrinho posição firme a respeito. Galanteria para ele era a prova da estima universal. Através dela concede-se ao próximo a honra de viver com dignidade, em troca da mesma honra que acabou ele de nos assegurar. Exatamente, essas teriam sido minhas palavras se eu já dispusesse de uma linguagem. Logo eu que viera à Ilha em busca da minha futura expressão. E se cedo não admitisse a Ilha e o seu fundo de mar atapetado de náufragos e iodo, não mereceria a linguagem que começava a organizar-se em mim como uma longa civilização cujo rosto se temeu sempre desvendar. Vim para saber, padrinho. Não, você veio para reconhecer-se. E repartiu entre os presentes a broa fresca, prove deste pão amassado com amor.

Enquanto eu esforçava-me em homenagear aquela casa, o padrinho começou a fotografar-me. Fixava com avidez inesperada instantes dos quais eu viria envergonhar-me. Vergonha de não ter sentido forte, de não ter avaliado a intensidade daquele domingo numa ilha *gallega*. Eu não queria que ele me regalasse um dia com a visão de um passado sem alma. De que serve o futuro povoado de retratos amarelos?

Em torno da mesa, discutiam-se os rumos da Ilha. Do barco a vela haviam passado à lancha a vapor sem se terem dado conta, conciliados com os novos tempos. Ponderei-lhes que avanços muitas vezes dificultavam o julgamento do que éramos enquanto vivíamos. Quer você dizer que abdicamos de nossas identidades? interrompeu-me Maruxa. Ao contrário, ninguém havia perdido um retrato que não chegou a existir. O que em seu lugar existiu, sim, foi um pobre desenho de linhas frágeis e apagadas com o qual mal nos identificávamos. Quem sabe em futuro próximo teremos mãos exigentes e firmes com que desenhar os contornos reais de nossas faces interiores. Maruxa pediu, fique alguns dias na Ilha. Me cederiam o quarto com balcão florido, diante do mar, para eu meditar intensamente. Há de sentir-se inspirada, insinuava-me a criação.

Infelizmente, partiria naquela noite. A Ilha era um perigo que devia evitar. Especialmente aquela com regaço de calor, peixe, memória. Olhei o padrinho e transferi-lhe a narrativa. Que nos contasse a história de González. Perdido de amor na adolescência, empenhou a palavra de regalar à Ilha bens que correspondessem às suas fantasias e à sua paixão. Levou precisamente quarenta anos para cumprir a promessa. Mas, quando desembarcou no cais, largou sua preciosa carga ali mesmo, e seguiu para a taberna. Quanto mais bebia do vinho negro mais fugia da casa da amada, agora velha cuidando da horta. Ali ficou para sempre repetindo, se mergulho na casa do nascimento, ou na casa da paixão, terei destruído meu difícil sonho. Em verdade, eu nunca voltei à Ilha.

O padrinho orgulhava-se de uma Ilha que concebera excêntricos. Somos todos assim, afilhada. E pediu-me, com clemência, jamais abdique da sua altivez. Maruxa disse: vamos para o quarto, a avó nos espera. Ela tinha completado noventa anos na semana passada, com a família toda em torno sem saber se lhe celebravam a festa, ou devotavam-se aos seus funerais. A avó podia morrer a qualquer instante, e sua morte não os desesperava. A avó era como a árvore do quintal. Quando enterrassem seus galhos secos, suas folhas fenecidas, o que havia enfim sobrado dela, as raízes da mulher ficariam em cima da terra, entre eles. Tudo continuaria a crescer após aquela morte.

Pedi com o olhar socorro ao padrinho. Por que visitar uma mulher querendo morrer no momento exato em que lhe invadíssemos o quarto, em protesto contra a minha presença, ou para deixar-me como amável lembrança a cena da sua morte. O padrinho apressou-me, devíamos todos participar das despedidas. Obedeci sem lhe confessar o quanto temia seguir naquela hora o destino da velha. Em cada homem que morria eu presenciava a minha morte.

Haviam-me descrito a avó como uma velha graúda, de vigor camponês, no seu tempo de ouro. Igualmente capaz de estripar animais, mexer-lhes as vísceras, e preparar-se jubilosa para as festas de agosto. Mas, não me iludisse agora com seu estado, a vida atual desmentia o que havia sido. Logo acostumei-me à luz pálida do quarto. A avó no leito vestia-se com uma camisola branca rendada, um traje de noiva reluzente, e mal percebia-se a respiração saída do seu corpo calcinado.

O padrinho falou-lhe, perto do ouvido, como vai, dona Amparo, bonita como sempre? Tais palavras feriam-me o coração, eu não compreendia uma retórica que corrompera os séculos e destinara escravos para as minas africanas. Era um absurdo pretender trazê-la à vida. Com que direito o padrinho desafiava a natureza humana a merecer a última homenagem. Acaso não via que Amparo havia morrido, eu chegara tarde para salvá-la. Ou será que as ervas da América também faziam parte do sonho daquele povo?

O padrinho insistia, não quer conhecer minha afilhada, dona Amparo? Olhe que ela atravessou o Atlântico especialmente para trazer-lhe o abraço de um país novo. Veja a senhora, um país que se intitula novo, pode ser tão novo assim? Sem dúvida, ele me provocava. E se era eu herdeira daquele homem, precisava enfrentá-lo do mesmo modo como ele disputava com a vida o direito de reformá-la. Bem perto da velha, medi-lhe a respiração. E ela vivia. Só não sabia se eu lhe dera a vida, ou ela sim que me estimulava a viver ao seu lado. Os gestos do padrinho, porém, me superavam. Tanto podia ele desembainhar a espada, como simplesmente acariciar a testa de Amparo. Em nenhum momento demonstrou sofrer com a presença de uma velha morrendo à sua frente.

Inquieta, pensei, acaso me quer aplaudindo o espetáculo de uma cultura a que não posso pertencer, e isto porque vim de muito longe? Ele prosseguia no combate, queria a velha de volta à terra. Dizia seu nome e aguardava que ela obedecesse. Finalmente, ela abriu os olhos, sorriu e disse, para eu jamais esquecer, ah, meu amigo, esta é a afilhada que veio daquela América que tragou nossos homens!

O retorno à vida por parte da velha obrigou a família a festejar em torno da cama. Haviam vencido um dia, razão pela qual transferiam a cerimônia fúnebre para a manhã seguinte. Hoje não tinham por que preocupar-se. A velha acabara de triunfar sobre a morte. E eu testemunhara o momento histórico de uma luta iniciada noventa anos atrás e cujo desfecho previa-se para segunda-feira. O padrinho alegrava-se, vejam, minha afilhada trouxe sorte, isto prova que ela originou-se deste povo. Observem as feições do seu rosto que preservei com a minha máquina fotográfica!

Constrangia-me que me ameaçasse de perto. Como parte dos festejos, ofereceram copos de xerez. Todos os brindes eram para a velha que recusara a morte em um dia de sol. Apreciei a doce intensidade do vinho. E exaltei com o olhar os escombros da velha cujo corpo encolhido parecia o de uma criança, suspeitei que haviam-lhe extirpado alguns ossos. A morte é sua melhor amiga, pensei, imaginando o sopro invisível e dizimador como o último reparo na forma humana. Já sonhava em afastar-me daquela casa, quando o padrinho tomou da máquina, agora que nos reunimos todos, quero fotografá-los em torno de dona Amparo.

Logo reservaram-me o lugar mais próximo à velha, cabendo-me pois tomar-lhe a mão semidesfalecida, e enxugar-lhe as rugas com a minha vitalidade e sorrir. Olhei o padrinho severa, para ele ao menos entender o quanto me ultrajava. Mas ele ocupava-se com a distância, o foco de luz, com o futuro. Maruxa apressava-se em pentear a velha, combatia os fios rebeldes, que lhe vieram diretamente da juventude. Por sua vez, dona Amparo esforçava-se em abrir os olhos, não queria morrer enquanto a fotografassem. Sem saber o que fazer, curvei-me para alcançar-lhe a mão, e estreitando-a entre meus dedos temi que a vida escapasse pelas suas unhas. Rápido, tampei-as com o meu calor, empenhada em que a vida lhe voltasse pelos mesmos canais que a queriam desfalcar de esperança e sangue.

Ela melhorou com meu ato de heroísmo. O padrinho continuava a exigir sorrisos. Eu não sabia se lhe mostrava dentes rijos que arrancaram outrora a carne com ímpeto do seu voo faminto. Ou exibia-lhe os lábios cerrados, um grave muro de silêncio. Devia porém esforçar-me, ser natural como os que bebem o sumo das laranjas, tangerinas, bergamotas. Combater toda aflição com a certeza da vida no bolso.

Comecei a usufruir da velha como se tivesse ela vinte anos. De cabelos negros, ela apareceu-me ofertando um pente. Foi o pente das minhas núpcias, veja os fios que ainda enrolam-se em seus dentes de madrepérola. Também o pente e a tua futura morte devo levar de volta à América? quis perguntar-lhe. E antes que me respondesse, o padrinho condenava-me a outros ângulos. Por favor, fiquem à vontade. Eu me entregava àquela orgia disposta a mudar a minha vida. Mas, que vida, afinal. A vida que herdei, a vida que fabriquei, a vida que me impuseram, a vida que não terei, ou a vida proibida, que não está na casca da pele, mas na pele íntima do sangue?

Ansioso em fixar-nos para a eternidade, o padrinho impunha-me a memória e a crença do seu povo. Eu via-lhe o modo de conquistar o meu sangue e a minha emoção. Dentro das minhas mãos a velha revivia lentamente, tal o orgulho pelas suas últimas fotografias. Mas só pude depositar a mão da velha sobre a colcha quando o padrinho cansou-se. Então, deixei o quarto sem olhar para trás, ou consultá-lo. Exigi que me salvasse, me levasse para longe. Distantes dali, quis ainda comover-me com a história da roca dos seus sonhos. Protestei firme, se não me inventa outras narrativas, porque só amo histórias inventadas, já que as nossas são tão pobres, passarei a recordar os banquetes da minha infância em tudo parecidos ao banquete desta tarde em sua casa.

Afinal, eu só voltaria à Ilha em alguns anos. E as cartas não trafegam com a mesma velocidade do nosso olhar naquele instante exultante. Abraçou-me e passou a falar dos celtas, dos ibéricos, dos visigodos, que se uniram de tal modo que seria hoje difícil isolá-los, pois um só rosto *galleto* muito tem de cada um, e eles próprios neste rosto jamais poderiam reconhecer-se ou indicar que parte dele originou-se da força dos seus sangues.

Em casa, repousamos. Sua irmã, que apesar da idade ainda cuidava da horta, garantiu-me, se fica alguns dias, dificilmente nos deixará. E isto porque a vida é lenda, e, como tal, nós a dispersamos. Já viu como os pescadores mais do que peixes pescam histórias com suas redes? Que esplêndida promessa. A espécie humana afugentando a pobreza. Sempre safras abundantes e palavras rebeldes. Hesitei por segundos. Mas, havia um continente que me aguardava, jamais o deixaria, nele incrustava-se a minha terra. O padrinho compreenderia a minha fidelidade por aquele país do outro lado do Atlântico, especialmente ele que ali tivera a alma conspurcada pelo futuro.

Padrinho, quem de nós estará um dia vivo nos retratos que o senhor tirou? Tomou seu café devagar, vi-lhe lágrimas nos olhos. Soube então que a visita estava terminada. Ainda que novos amigos chegassem trazendo os esplêndidos frutos da Ilha.

Quando o sino da igreja repicou para a novena de maio, ele pegou um pacote, ali estava o meu presente. Expulsava-me da casa com a segurança de me saber agora rica. O barco deixaria logo a Ilha. Vieram todos ao cais para as despedidas, alguns em casa cuidariam da ceia. O padrinho à frente abria o caminho para eu vencer os últimos obstáculos. Beijei-o algumas vezes, fui à testa. Naquela fronte eu surpreendera luz, o farol cercando as águas. Até breve, padrinho. Hoje, ou amanhã, sempre nos veremos, disse ele comovido. Repassei na memória os anos de sua vida, para não esquecer. Somos de raça forte, não é, padrinho? Abraçamo-nos ainda, e logo o marinheiro me jogou dentro da lancha que se afastava depressa. Me pareceu ter visto o padrinho chorar, ele disfarçava abanando a mão com veemência. Adeus, gritei. Aquela Ilha era encantada, foi meu último pensamento depois que a distância nos separou para sempre.

Tarzan e Beijinho

CONHECI TARZAN E BEIJINHO em Malibu, antes de se transferirem para o Leblon, uma praia que havia tragado o coração de muitos almirantes batavos e sereias litorâneas. Viviam em Malibu como se ainda pisassem as areias de Cabo Frio. Para tanto recorrendo a símbolos nacionais, desde o azeite de dendê, a bandeira verde-amarela, até a flâmula rubro-negra. E quando uma pergunta lhes soava particularmente delicada, respondiam em português, teimando em apelidar de João a Mr. Blackmur. A nostalgia do exílio, longe de debilitá-los, poupava-os de qualquer desgosto. Assim, sempre que lhes falavam de Copacabana, como um sonho distante no horizonte, Beijinho dizia, para eu traduzir:

— Ah, a invernada de Olaria.

Eu não sabia explicar a frase a Mr. Blackmur. Havia um país a preservar. E nós éramos o país deixado atrás à altura do Rio de Janeiro. Tratava-se sim de uma festa móvel, celebrada em qualquer estação do ano, e para a qual a população era convocada. Todo o morro descia para o espetáculo. Cabia ao destino indicar os protagonistas de um festejo a que jamais faltavam bebidas, sangue e alegria.

— E quem separa a alegria da tristeza! — disse Tarzan, para que o aplaudíssemos. Beijinho prontamente condenou-lhe a antinomia em desuso, criada com intenção de ferir a uma das raças mais nobres do hemisfério.

— E a que raça ofendo sem querer?

— Os ciganos. Eles choram privados de qualquer critério. Nunca sabem se é de alegria ou de tristeza. Por favor, Tarzan, não me venha mais com metáforas. Como pode ser um homem do mundo se ainda recorre às heranças deixadas no chão e pisoteadas por todos.

Induzido por Beijinho, que recém-tingira o cabelo de louro, Tarzan compreendeu que deviam regressar à pátria. Mais econômico seria fingir no Rio que estavam em Malibu. O cargueiro holandês cuidou em trazê-los junto à coleção de conchas, búzios, cavalos-marinhos, o pinguim empalhado, toda a imensa concentração de salitre e mineral que Tarzan e Beijinho haviam recolhido do fundo do mar.

Certa vez, eles me confessaram, no fundo do mar encontram-se nossos corações, é preciso ir bem fundo para ouvir-lhes as pulsações. Teria sido um convite para eu fugir deles, me censurariam o modo de olhá-los? Ou simplesmente suplicavam que fosse visitá-los com o *aqualung* até o fundo do mar. Sobretudo Beijinho retraía-se sempre que tocada. Mesmo diante do gesto que tivesse como desfecho abrir-lhe o zíper do seu *collant* vermelho. O seu pudor obrigava-me a pedir-lhe desculpas pelas uvas roubadas do seu prato em nome da minha fome. Sua vingança nestes casos era corrigir-me, dizia meu nome duas vezes, sabendo que a força dele estava em pronunciá-lo de um só fôlego. Sempre me esvaí quando o repetiam com ociosidade.

Tarzan não respondia pelas desavenças da mulher. Defendia a tese de que ambos haviam chegado ao mundo separados. Cada qual lutava a seu modo. E sem temer que o chamássemos de covarde.

Acaso havíamos esquecido que podia ao mesmo tempo assaltar ondas e montanhas acima de mil metros, e ainda assassinar tubarões? Tinha pelas montanhas, porém, especial desprezo, inconformado com uma monumentalidade estática, de evolução imperceptível.

— De nada serve que se transformem em milênios. Não estarei vivo para lamber-lhes as tetas.

Apesar do cenário modesto da sua luta, sempre de duração efêmera, sua campanha contra os códigos e a geologia comovia-me. Bebia Coca-Cola com champanha, sem hesitar em eleger o *brût* mais caro. Ajustava a língua ao paladar e pedia a Beijinho que o auxiliasse a melhor apreciar uma mistura nascida do engenho e da arte.

— Não me amole com a sua vulgaridade — ela dizia.

Tarzan deixava o chalé de Malibu com a roupa do corpo, tomava o Greyhound na esquina, pronto para uma viagem sem volta. Sempre saltou no posto de gasolina, a um quilômetro da casa. Vinha arrastando-se após vencer o deserto e a fúria dos nômades. Beijinho reconhecia-lhe o esforço. Recebia-o como se tivesse apontado no quadro-negro da cozinha os dias de sua ausência a giz, faltando-lhe forças agora para dar-lhe as boas-vindas. Tarzan voltava à Coca-Cola e ao champanha proclamando: ganhei desta vez. Ela retrucava: você é um urso-polar perdido entre ondas e caranguejos disformes. Acusava-o de pré-histórico, decretando-lhe o fim através dos símbolos insurgentes.

— Um dia, Beijinho, não volto mais. Ou melhor, terei evoluído tanto que você, para mim, passará a ser uma sereia. *Mermaid*, ouviu? Então não sabe, sempre que uma criatura evolui em excesso, a outra fica atrás, com garras, casca e algas coladas ao rabo?

Beijinho recorria ao espelho: ainda estou bela, Tarzan, apesar de você correr pelo tempo com o seu carro Fórmula I. No tribunal instalado na sala, serviam apenas as acusações de origem noticiosa. Ambos tinham formação visual, com rápidas incursões pelos jornais.

— O que se passa no Brasil, além de Pelé e Emerson?

Descrever um país a que se deu as costas não era fácil. Ponderei-lhes que havia o empenho de apagar vestígios de nossa origem, para isto queimavam em praça pública até mesmo preciosos pergaminhos. Os únicos depoimentos com que contávamos para provar que havíamos vivido. Tais atos no entanto considerados necessários a um povo em ascensão peculiar. Bastou que eu dissesse *peculiar*, para Tarzan exigir que lhe descrevesse a Zona Sul, a única geografia nacional por onde havia circulado. Para ele, o Brasil era uma metáfora que não merecia texto.

— Veja você, só São Paulo é um episódio dramático. Quem aguenta a narrativa de um Estado que altera a própria história a cada cinco minutos? E a pretexto único de estar além de onde realmente se encontra.

Tarzan orgulhava-se de sua filiação ao futuro, capaz, ele sim, de a tudo julgar com acerto. Condenava meu nacionalismo exagerado, assim como a melancolia que me via nos olhos. Dizia f-u-t-u-r-o num urro fino que vinha do extremo do istmo até o arquipélago. Eu era o arquipélago.

— Você fala tanto de futuro, mas onde estarão seus músculos quando ele aparecer com cara de bisão — disse Beijinho.

— Bisão não é futuro. É um animal do passado, em extinção. Como o condor americano.

— Exatamente, seu bobo. E de que modo define-se o futuro em que não estaremos senão provando a sua extinção.

Tarzan beijou Beijinho. Ela aceitou as manifestações da vitória. O navio atracou ao meio-dia na Praça Mauá. Tarzan chorava abraçado aos estivadores. Ainda temos direito ao Brasil? pedia-lhes socorro. O apartamento estava limpo, a mãe de Beijinho varrera, junto à poeira, os objetos pessoais de Tarzan. Sob seus amargos protestos: como dilapidam meu patrimônio deste jeito?

Fez-lhe ver Beijinho que não podiam confiar em sua memória quanto a bens, riqueza, futuro, se não distinguia uma terça-feira de uma quinta do mês de agosto. Ele aceitou que Beijinho o trouxesse à realidade. Ela jamais mutilara sua carne ao traçar-lhe um roteiro sobre o qual caminhar com conforto. Não eram afinal objetos preciosos, simples recortes de jornal, garrafas vazias, anzóis enferrujados.

— Ao menos os discos com defeito teriam servido de cinzeiro — disse ele.

— Só porque foi moda há dez anos? Moda é como serpente, a cada bote traga várias vítimas.

Tarzan percorria o corpo de Beijinho como um território em chamas, buscava ali rios e lagoas. E quando ela voava tão alto que ele, afeito ao mar, não a podia alcançar, pedia-lhe por favor que traduzisse a vida difícil.

Ela se entediava, ora, Tarzan, não sabe que nós, mulheres, fomos derrotadas no paraíso?

Horas depois, Tarzan trouxe novidades. Descobrira o país embriagado de cerveja, seus vapores em todas as esquinas. Era este então o retrato do Brasil que você esqueceu de desenhar lá em Malibu? Não é para menos que se urina tanto.

— Queríamos visitar a cidade pelo prazer de adotar passaporte estrangeiro na pátria e soletrar sílabas como se mastigássemos cacos de vidro. E por onde se começa, para deixar de ser brasileiro?

— E lá sei, levo o disfarce por tantos anos — disse eu.

Beijinho trilhava a emoção outra vez. Defendia que abandonássemos o berço mediante a composição caricatural, que talvez fosse a nossa única máscara real. Não havia outra salvação. Enfeitada então de pedras semipreciosas, chapéu-chile, saia vermelha, blusa de *nylon*, que foi difícil encontrar, e óculos brancos, queria a custo parecer turista rica e sem gosto. — O requinte é a perdição de quem viaja pela terra.

Tarzan pedia-lhe referências, queria estar de acordo com ela.

— Não quero ninguém parecido comigo. Se eu própria jamais me repito, como ousa colar-se à minha cauda de noiva. Odeio fotografias.

Tarzan apresentou-se de terno brilhante, sapato de bico, gravata de nó apertado, uma pérola próxima ao pomo de adão. O canino revestido de folha de ouro realçava-lhe o sorriso. Até de minha flor de maracujá chamou Beijinho.

Vestida de mim mesma, sem precisar do espelho a corrigir-me, eu destoava deles. Por onde Tarzan e Beijinho seguiam, eu procurava as marcas visíveis de sua passagem.

Cruzamos o Baixo Leblon. Obrigados a arrastar pelo Luna, Alvaro's, Degrau, Antonio's, uma cara de espanto que surpreendesse os curiosos. Mal nos viam, os habitantes do Leblon refugiavam-se na própria nau. Invadir terra alheia naqueles tempos era transgressão simples.

— Estou cheia, Tarzan. Vamos dar o fora deste *poster* grudado nas paredes de Inhaúma. Busquei a compreensão de Beijinho, ela traiu-me com a insistência de que continuaríamos até o total consumo do uniforme. Passamos pelo Pizzaiolo, Acapulco, a Galeria Alasca. Tarzan pediu licença para descansar no carro.

Beijinho colhia favores e amoras. Marcava encontros, trocava bilhetes, para o mesmo dia, hora e local. Assim não esquecerei. Tarzan cedeu-lhe mais lápis e papel. O lápis logo perdeu a ponta e Beijinho o arrebato. Pela manhã, em casa, tiramos as manchas da boca e do corpo com Bom-Bril e Odd sabor limão. E admitimos, antes Malibu fingindo estarmos em Cabo Frio.

Pela primeira vez pensei, por que grudo minha vida a Tarzan e Beijinho e nos estamos tornando um a sombra do outro? Sempre me faltara a coragem de propor-lhes tal questão, insinuar uma transcendência que condenavam na vida de praia que ambos haviam adotado. Ou dizer-lhes: por algum tempo seguirei caminho contrário ao de vocês. Precisava descobrir o mundo sem o socorro deles. Haviam-me transferido sinais de vida que me alimentariam por longos meses, o tempo de equilibrar-me sobre modesto decálogo, e com o qual respirar, criar hábitos.

— E não é verdade que sou agora criatura de hábitos? — queria Tarzan confirmando meu grau de adaptação. Ele julgava porém segundo as informações passadas pela mídia naquela semana. Admitia-se, orgulhoso, produto da televisão. Não fora a televisão aliás e eu nem teria nascido, confessou-nos uma noite. Chovia e o vento açoitava a janela até que a trancou com martelo e prego.

Sozinha, arrumei a mala, cingida ao essencial. Sem abandonar certo ritual que Tarzan e Beijinho não conseguiram extirpar de mim. E por que ficar. Afinal, não vivíamos em comunidade, nem dividíamos cama comum, como talvez suspeitassem os vizinhos por conta da nossa assiduidade. E quando Tarzan e Beijinho se beijavam era sempre um beijo cálido, jamais se transformou em paixão à minha frente. Nunca surpreendi em seus rostos a breve contração de quem pena o desejo e o transfere para as sombras da noite. Aquele amor realizava-se com ciência que eu não saberia descrever.

Através de Rawett, tomei um quarto no Hotel Paissandu. Durante uma semana passeei pelo Catete, comia bife com fritas no Lamas. Mas imaginava Tarzan saudando o futuro pelas manhãs, ao fazer ginástica. Um hábito seguido de iogurte e queijo de minas.

Para que Beijinho com mão formosa o trouxesse até o presente. Ele então cedia-lhe o futuro mediante a felicidade que via em seus olhos. Não se dando conta da pressa de Beijinho em logo consumir o presente.

Já sem roupa com que vestir-me, voltei a casa. A chave quase não coube na fechadura pela ferrugem. O regresso parecia assinalado pela marca do abandono. Debaixo da porta, os bilhetes de Tarzan e Beijinho: por favor, por que a violência, quando há outros modos mais delicados de matar; não podemos mais viver sem você; já não somos Tarzan e Beijinho, somos você quando está perto; o que quer que sejamos, para lhe agradar?

Cada bilhete apertado contra o peito prometia terra nova, sempre a figura da âncora esboçada no papel. Eu me comovi. A vida sem Tarzan e Beijinho era triste, trevas eu mastigava pela manhã, o café sem gosto de açúcar, ia o fel cobrindo-me a cara.

Ao menos uma vez preciso sorrir, pensei com volúpia. Fui ao encontro de Tarzan e Beijinho. Guardava um lenço no bolso, para quando nos abraçássemos. Se um lenço não era a manifestação do futuro, era no entanto a varanda em que nos abrigaríamos por toda a tarde, até o escurecer. Eles não estavam. Regressariam no dia seguinte, garantia o porteiro. Havia indícios de viagem, os vasos de flores do lado de fora, para que uma alma os banhasse de água e ternura.

Deixe-lhes mensagem de amor e fidelidade, não voltaria a fazer restrições à nossa vida em comum. Única e com sol. Quem era eu para corrigir os desvios da própria paixão. Ou deixar de exaltar os pródigos empenhados em dilatarem os minutos, os centímetros, os dias da existência humana. Esperei com o coração repousado na mesa, lembrava que me haviam um dia confessado:

— Nossos corações encontram-se no fundo do mar.

Mas, que mar, meu Deus, para eu precisar mergulhar tão fundo, ou viajar tão longe? Já não mais seria Malibu, quem sabe algum oceano novo, recém-descoberto em cartografia inovadora. Não vieram naquele dia. Sofri a espera com café e biscoito creme-craquer. Ainda um outro dia, para sorvê-lo com gosto de derrota. A cada noite amontoavam-se lixo, desesperança, bagaço de laranja e cigarro. Onde haviam ido Tarzan e Beijinho que me fazem sofrer a dor para a qual não me prepararam, não tinha condições de suportar com meu único corpo, minha única alma, com o que eu era. Ser, aprendi naquela semana, tornava-se alguma coisa inatingível.

No sábado, eles vieram sem me abraçar. — Aprendeu agora? disse Tarzan, com rosto sofrido. Eu lhe escavara algumas rugas e ele se deixou apreciar. Beijinho bem quieta não tecia as imagens com que inundava o cotidiano e nos amávamos.

Durante horas evitamos qualquer olhar. Fora uma ausência tão difícil. Colidíramos contra navios, as extremidades feridas, e capengávamos. Ainda não sabíamos em que nos convertêramos. A responsabilidade do tiro talvez mortal partira de mim, e eu tremera. Saímos passeando pela praia, havia cheiro de sal e gasolina de octanagem baixa. Tentei sorrir e eles me corrigiram. Quietos, de mãos dadas, agora parecíamos turistas descobrindo a cidade, a nós mesmos.

O Revólver da Paixão

EU SEI QUE ERREI, mas não me deixe agora. Eu protestei contra o que me parecia sua culpa. Você me olhou afiando os olhos no meu rosto. Me senti retalhada, diferente das vezes em que me cortou e não sofri. Bem ao contrário, a carne me sorria, eu deixava que você me tivesse, porque a carne era a minha alma.

Por favor, compreenda o meu ciúme, é ele, voraz e nervoso, que me proíbe liberar o teu corpo para os corpos inimigos. E aconselha-me a matar-te. Mas, matar com cuidado de ourives traçando mil desenhos em tua carne para que mesmo morto deixes o mundo enfeitado com o meu estigma.

Meu Deus, sei que prometi controlar-me. Não te seguir mais. Deixar-te livre para a vida. Mas, que vida é esta que você reclama onde eu não ocupo a melhor porção? Como podes pensar que aguento vê-lo tragando vida com chope, sem que eu passe pela tua boca, te beije, te lamba, e você sorria ligado à terra, porque sou o teu húmus, o teu esperma, eu sou o teu membro, eu sou você.

Não, não reclame, você me quer assim mesmo, ainda que selvagem eu te cause medo, ameace a tua liberdade. Ou me querias selvagem só na cama? E no espaço da vida me exigias atada por tuas próprias mãos? Mas, eu me rebelo. Ou serás só meu, ou te mato.

Não, eu não quero te matar, como haveria de viver sem a tua alegria, o modo como despertas jovem e jubilado. Eu te tomo nos braços, sou tão ansiosa, tão perdida na própria paixão. Você brinca comigo, diz que não tomo jeito, mas você está povoado de orgulho do mesmo modo como te povoo de lendas. Eu te enfeito com histórias que ninguém, senão eu, li em você. Você se sabe o poema que farei amanhã, a palavra que perderei no futuro se me escapas agora. Não te autorizo a deixar-me. Ouviu o que eu disse? Não te dou licença de passear pela terra, de ter um futuro em que eu não esteja inteira.

Ah, meu corpo amado, eu te desejo. E te desejo mais do que perdermo-nos no leito que vem sendo nosso há dois anos. Uma agonia que recolho com a minha boca e mastigo com os meus dentes. Eu te mastigo, eu te como, eu te rasgo como você me rasga, me grita, me ama. Às vezes, penso que você me ama fraco, que o teu corpo é menos vigoroso que o meu. O meu se aprimora pelo próprio amor. É o amor que me faz vencer as madrugadas, te cobrar mais amor que já não queres dar, estás exausto, derrubado, fraco, senil. Não, erga-te, amor, e me cubra toda, quero você me soçobrando, eu sou uma mina africana, há que ir ao fundo, apalpar no escuro a sua riqueza, coçar a sua aflição, sentir medo. Medo das minhas trevas, pavor dos meus pelos, temor do meu suor e da minha fragrância.

Vamos, seu covarde, volte depressa. Não quero mais perder o espetáculo desse amor que diariamente me derruba, porque é desse jeito que mastigo da sua comida. E se agora te escrevo, é para que me escutes, e não te penses livre. Porque onde venhas a estar, irei atrás. Meu corpo identifica o teu cheiro, acre-doce pela manhã. Quantas vezes te lavei o sexo e você se deixou acariciar como se fosse meu dever rejuvenescer-te a cada dia, quem melhor que as minhas sagradas mãos conhecem o teu segredo, as palpitações da tua carne, o modo firme e cego com que se ergue e vem a mim. Não te creias livre, a vida não é tua. A tua vida é minha porque me perdi em ti, em cada palavra que disseste e me conquistou.

De nada serve que me poupes agora verdades cruas, só porque me pensas incapaz de abrigá-las. Se queres proclamar que não me amas mais, eu ouvirei. Ouvirei aos gritos, de tal modo gritarei que cada palavra destinada a mim crerás dita por mim a ti. Te sentirás perdido, abandonado, sem o meu amor. Experimentarás na própria carne a perda do amor único, único porque é único no único instante em que se está vivendo. E te jogarás sobre o leito, e nu, esplêndido, me atrairás dizendo, não queres novamente ser minha, acaso sobreviverás sem o gozo que é a única viagem atlântica que se vive e nos naufraga? Esquecido, porém, de que você sim é o barco carecendo das águas, e que sou a água em que mergulharás sem rota, sem mapa, pois não há mapa para o amor, amor.

Não sabes então que me amas, amas muito mais que podes saber? Amas mesmo sem o socorro da tua consciência. E, se não me amas com a paixão do meu amor, te ensinarei novamente a amar-me. Não te peço tempo, dias, horas. Sou mulher das longas estações. Serei verão quando exigires calor. Não, não rias. Não me venhas a cobrar teorias feministas. Tenho-as prontas para a vida, recém-começo a dominar um vocabulário que antes era só de tua lavra. E que mais pode oferecer-me uma ideologia senão o direito de perder-me no desvario e cobrar o amor que sei meu. Por favor, ceda-me o teu tempo. Ceda-me o teu corpo novamente. No leito, ou na natureza crua. Ou no bar em que estiveres agora. Onde eu chegando logo faríamos amor com o meu olhar de espinho. Amor se faz na esquina, a multidão dispersa em torno. Eu não te amo só com o ímpeto da carne. Também te quero com a minha boca distante, falando, te enunciando, pronunciando o teu nome. Teu nome é meu ato de amor. Teu nome é o espasmo de que padece o meu sexo.

Ah, amor, errei ontem à noite. Mas, de que serve confessar o arrependimento, se só me arrependo para te distrair e ter-te novamente? Se logo errarei outra vez, e um próximo dia me verá enlouquecida com a tua possível perda. E então não medirei palavras, não controlarei a violência do meu corpo quando ameaçado. A verdade é que a tua perda me ameaça. A tua perda é uma sentença de morte. Morte que não suporto, não permito. Teu dever é amar-me, é continuar na minha cama, na minha vida, na minha memória. Na memória que projeta teus mil retratos tirados ao longo da vida que nos atou com cordas e arame.

Sei que repeles estas confissões que cobram um calendário vencido, sem cais e âncora a que te agarrar. Mas hei de falar enquanto os meus soluços te proclamem. És meu prisioneiro como sou a masmorra em que estou mergulhada pela força do bem-querer. Que digo, bem-querer? Ah, amado, eu já te quis na primeira noite. Não tens o direito de esquecer, ainda que não me queiras reproduzindo os arrebatos que talvez hoje já não sintas. Mas, eu não sou apenas memória, também sou a dispersão. Pois sempre que relembro as noites sucedidas sem-fim, desfaço-as de modo a crer que não existiram. Isto é, não existiram porque foram insuficientes, aqui estou a exigir outras noites que nos regalaremos logo superada a amargura que nos separa agora.

Você me beijou no ouvido, lembra-se? Tua língua me falava sem som, cada palavra em silêncio era o trabalho da tua língua revelando a verdadeira linguagem do homem. Talvez o que eu relate agora só esteja inventariando a minha vida, e não a tua. Não queres mais saber do próprio corpo que se conheceu em mim até o amanhecer. Me proíbes dizer que a vida te chegou porque também a vida chegava em mim. Mas, por que não aceitas que me amas, que me queres perder por despeito, por conta da minha arrogância, só porque proclamo o teu amor sem medir as consequências, porque atraso a tua vida com explicações que te atormentam, porque antes mesmo que me digas o quanto me amas já estou aos teus pés dizendo primeiro que sou quem te ama melhor e mais forte.

Por favor, jure que voltarás, empenhe a tua honra que serás meu e de mais ninguém. Se me negas o pedido eu me vingo, abro minhas pernas para o teu inimigo, convidarei o desafeto a comer minhas carnes com garfo e faca e que divulgue entre amigos, e perto da tua consciência, o sabor de sal da minha pele e como o meu suor arrasta ainda o teu cheiro.

Não me julgues louca, julgues-me apenas capaz de lutar pela tua volta. Empenho toda a terra nesta disputa, empenho o meu futuro, e o teu também. O que eu fizer, hás de fazer junto. Tenho ódio em mim bastante para nós dois, e se tenho amor bastante para nós dois, não quero que seja assim. O meu amor que é tanto e sufoca-me exige o teu para nutrir-se do próprio exagero. Eu te amarei até o fim da minha vida. E a minha vida, amor, será curta se não voltares. Será tão curta que terás medo. Pois nunca saberás se me mato, se te mato, se aniquilo os dois na mesma rodada de bebida.

E não adianta fugir, em algum lugar eu te alcanço. De nada serve ir para São Paulo. Simular uma ida a Petrópolis, enquanto te refugias na Bahia. Meus cães perdigueiros sempre te encontraram. Terminavas rindo mesmo com o coração cheio de pedregulhos e galhos ariscos. Me dizias: a tua loucura é a semente mais saudável do teu corpo. Ríamos juntos e riremos muito ainda, eu te prometo.

Escreva-me logo, mesmo que não estejas em casa ao chegar esta carta. Escreva-me de onde estiveres, porque onde quer que estejas a minha falta deve doer-te a ponto de já estares vindo ao meu encontro, ou de tomares da caneta e escrever as palavras certas. Se não quiseres pensar muito, diga como da outra vez, tenho tuas palavras em fogo no meu coração: eu te amei com o fervor das grandes estações humanas, eu te amei com a contorção da morte, amei com o medo de perder-te, mas permita-me agora amar-te com o impulso da vida selvagem, desregrada, sem outro modelo que o do próprio amor.

O bilhete guardei grudado ao peito durante muito tempo. Você protestava, que ridículo, desfaça-se dele, ao menos esconda-o em lugar que não padeça deste teu calor de loba faminta. Mas, eu sou a tua loba, eu te disse rindo para que não me levasses a sério. De nada servia enganar-te. Sempre temeste a minha fome. Uma fome que me levava a dar-te dentadas, a deslizar pelo teu corpo quente quando já estavas morto, sem arrebato, e eu ainda o queria agonizante. Bastou-me, porém, suspeitar que me traías com um olhar destinado a outra, para arrancar do seio o bilhete e comê-lo à tua frente, diante dos teus amigos, só para te humilhar.

Você tratou de distrair a todos. Pediu-me, por favor, não lutemos numa arena que não é nossa. Só aceito combate no quarto que consagrou o nosso amor. As palavras foram ao coração. Você é sempre covarde quando me vê destemida. Me suborna para que eu me apazigue. E lance a corda com que te resgatar dos vendavais, salvar-te para o destino da paixão.

Sei, sim, que te assusto, insinuas que faço da cama o princípio e o fim da vida, e que o teu corpo é o evangelho sobre o qual se constroem as palavras habitadas em mim pela primeira vez. Se é assim, tome-me como sou. Transija com a minha volúpia. Aceite viver com uma mulher perdida no pecado de amar. Ah, hás de dizer, até você fala em pecado? Sim, falo, cometo, vivo, devoro, e quero. O que tem você com isso? Pecado é a tua boca, o teu sexo, o teu peito, os teus pelos, a testa franzida quando vais gritar de gozo. O que querias, que jamais tivesse enxergado o teu rosto quando me amas, só porque, perdida de amor, devia estar ocupada com o próprio prazer?

Ingênuo, tolo, amante amado, que se perde em mim com a mesma inconsequência com que já se perdeu em outras. É tão fácil assim o teu prazer, e o compras assim tão leviano só porque ele te vem farto, sem outro sacrifício que a perda de certa energia? Te odeio e te condeno ao inferno. Não te quero mais ver, não me venhas mais à porta, ajoelhado e trazendo migalhas de pão entre os dedos.

E devolva-me os bilhetes que te enviei quando o meu corpo esvaziava-se pela tua ausência. Só não me devolvas, por favor, o amor que me tens ainda. Porque sei que me amas. Ama mais que sabes. E se não sabes, aqui estou para te recordar. Nunca mais hás de ser de outra mulher. Não ousarás ocupar-te com outra a ponto de não levantares da mesa a minha entrada, dar-me o braço e juntos sairmos logo que eu emita os meus sinais.

Lembra-te do que disse um dia? Hás de ser meu até não saberes mais amar, até que envelhecido teu corpo já não responda à memória do nosso amor, pois ainda assim sigo ao teu lado te amando, te fazendo recordar com minúcias o arrebato que ambos provamos, o sal jogado sobre os nossos corpos para exalarem aquela essência que nos volatizava mas também nos prendia à terra, para vivermos com a carne um ritual iluminado, nossas peles cobertas de folhas, musgos e aranhas.

Ah, amado, volte depressa, antes que outras cartas te persigam, e fique a vida difícil para nós. Ou será que para gente da nossa raça a vida é sempre agreste, arcaica, perplexa, diante das premências do próprio amor? Amar é um dos rostos da nossa gente. Você me disse e eu acreditei. Amar, sim, tem o gosto da maré, o tempo da maré, amar é estar onde a maré ainda não se encontra enquanto cumpre a sua agonia repartida entre as diferentes regiões do oceano.

Volte, porque te espero. E se voltares, que fiques sempre comigo. Não prometo comportar-me a ponto de que vivas o amor com suavidade. Não sou amena, mas estou viva, viva para te enlaçar, ir tão fundo no teu corpo para que fechando os olhos suspiremos de modo que não me ouças, de modo que também eu, com a minha voracidade, não possa com um só golpe invadir o teu enigma. Amanhã te escreverei, de novo capítulo ante o meu amor.

Coração de Ouro

O TESTAMENTO INCLUÍA, COMO parte da herança, uma língua francesa soberba, com arcos, abside, transepto, regras escolásticas. E ainda um inglês que, apesar de inclinar-se às manifestações líricas, facilmente desarticulava certos conjuntos dentários.

Antenor Couto conformou-se com a sorte, que lhe veio acompanhada de ações, títulos, glebas na Barra da Tijuca, e dois edifícios. O primeiro na Avenida São João, povoado de inferninhos e traficantes. O outro na Avenida Rio Branco, coração do Rio antigo, cujos inquilinos iam desde autônomos a liberais ansiosos de ingressarem na vasta rede financeira do país.

Naturalmente a posse destes edifícios, situados nos polos dramáticos de um país em desenvolvimento, iria provocar-lhe o gradativo abandono do francês, e a capitulação de um inglês que, em verdade, já lhe chegara tímido, de modo a envergonhá-lo quando se hospedasse no Hotel Pierre, após o término do inventário.

E embora quisesse guardar imaculada a emoção com que havia alisado a porta de entrada do edifício carioca, de aspecto senhorial apesar dos elevadores rangentes, não se esquivaria Antenor Couto em também tocar as paredes do prédio da Avenida São João.

Para a viagem a São Paulo, querendo experimentar os impulsos da fortuna, fretou um jato. E porque desejava um hotel que ao mesmo tempo aninhasse seus sonhos e o surpreendesse com o café da manhã, inclinou-se pelo Sheraton, contra os desejos do seu advogado que recriminava uma cadeia hoteleira que, pelas graças dos xeques, armadores, embusteiros internacionais, e grupos de voo *charter*, desprezava os limites do ocidente.

Não quis apressar-se em desfrutar da vista do prédio da São João. Temia apresentar-se à portaria do hotel sem uma reserva de ao menos quinze dias de antecedência. Não queria que lhe notassem o suor, a urgência, e o hábito próprio das pensões. A fortuna destinando-o aos detalhes, exigia consulta diária a uma imaginária bola de cristal, cuja superfície polia com camurça e bafejava com sorte e saliva.

Aproximava-se do poder carente de informações, dele formando um rosto em tudo distante ao que sabia de um urso, por exemplo. De nada servia o vizinho a descrever-lhe as garras com que o poder expedia insinuante convite para deslizar por um chão encerado conduzindo ao futuro.

O espelho ainda era o único a segredar-lhe de que matéria o poder se cercava para arfar silencioso. Com que perspicácia banhar-se todos os dias até aprender que o poder dele emanante permaneceria na sala, como um bibelô, ainda que Antenor se ausentasse dali. Este poder prolongando-se mesmo na pessoa do seu carro. E multiplicando-se de acordo com suas posses, seu nome encimado como coroa de louros sobre escrituras, títulos, ações. Uma prodigalidade que o dispensava de praticar gestos para que o considerassem autor dos mesmos. Tanta complexidade superando afinal a própria índole do espelho que, para o refletir, dependia de cristais e brilho amalgamados. Como um cilício à sua cintura, a fortuna regia sua sombra e sua memória.

Automaticamente, os hóspedes da suíte presidencial tinham à chegada os hábitos cadastrados. Antenor Couto, porém, enviou-lhes a secretária três dias antes com informações julgadas indispensáveis ao seu conforto. De modo a mais facilmente compor-se o seu retrato bordado com famintas agulhas e fios pelas mãos de todos os funcionários da empresa.

O BMW 320 seguiu para São Paulo com ordens de pagar em dobro o pedágio. O motorista esclareceria aos fiscais o quanto o seu patrão opunha-se às taxas em vigor. Assim como protestara contra os elevados impostos de transmissão da herança chegada à porta pela entrada da cozinha, quando ainda de pijama sorvia café carioca, censurava o paternalismo governamental em subsidiar obras que antes deviam os usuários manter. Uma posição cívica aliás defendida no Jockey, durante o almoço com que o advogado homenageava o inventário ora em curso.

Privado de condução, a secretária enviou-lhe de São Paulo carro de luxo, da antiga frota do Roberto Carlos, para levá-lo ao Galeão. Coberto de poeira e com uniforme azul, o motorista deixou-o ao meio-dia no aeroporto. E parecera-lhe natural o transporte vir de outro Estado. Absurdo seria obrigar um motorista desta cidade a mais uma vez enfrentar o congestionamento da Avenida Brasil. Sempre solidarizou-se com o profissional do volante obrigado a circular por ruas estreitando-se à medida que maior número de carros teimava em adotar idêntico roteiro. Realmente a cidade perdera respeito pelas ruas preferenciais, criadas em verdade para os que deviam responder pelos interesses nacionais. Junto à fortuna, viera-lhe a responsabilidade social, timoneiro que era de bens consideráveis.

Dispensado do exame da bagagem, por ser o único passageiro, com ele não vinham outros convidados, sentiu-se ofendido. Sofria com a insinuação de que havia afastado os amigos justamente quando recolhia a prodigalidade da primeira safra. Como explicar à moça de azul que sua solidão devia-se à modéstia dos próprios atos, ao desejo de poupar os companheiros dos sentimentos mesquinhos que fortuna como a sua fatalmente gerava.

Para surpresa da moça, Antenor Couto exigiu que se revistasse a tripulação. Entre eles podia existir um pirata aéreo desejoso de visitar o mundo à custa de sua fortuna. E a ele também fiscalizassem, em hipótese alguma deveria sucumbir à tentação de alterar o roteiro com arma que não tinha, é verdade. Mas com a arma da palavra, do comando, da riqueza.

— Não quero tornar-me pirata aéreo de mim mesmo.

O almoço foi servido com solenidade de jantar. E com que prazer deixou o Mouton Rothschild quase intacto na garrafa, difícil aprendizado que a sobriedade do rótulo e seu inconfundível preço ensinaram-lhe. Apesar do vinho, irritava-o pensar que lhe faltara coragem de pedir à secretária alguns endereços femininos. Logo a ela, com ar de princesa, dedos finos, delicado cerrar das pestanas, que lhe haviam recomendado como um cartão de visitas do Tiffany's, espécie de cristal com dezesseis vibrações. Tão elegante era que lhe bastava erguer-se da cadeira, dizer bom-dia, intensificar o azul da pupila, para prestigiar a empresa.

Imediatamente tratou-a como parte da herança, dos móveis de assinatura, a cujo catálogo devotava atentas leituras. E porque suspeitava que o seu valor correspondia exatamente à cômoda *shipwood* do seu quarto, evitava arranhar-lhe a superfície, ou deformar-lhe a fechadura da alma com tema inadequado. Sonhava com um futuro em que ambos se aproximariam da realidade através de um código simples, em que ao mencionar papel timbrado ela o endereçaria a um discreto apartamento em Copacabana.

Ajustado à riqueza e ao cinto de segurança, começava a sesta, após três goles do Armagnac que os anos despojaram do rótulo, quando a aeromoça o despertou sem dar-lhe tempo de evitar a contração facial de que se envergonhava. E só após desfazê-la no banheiro com água e sabonete, exigiu que sobrevoassem São Paulo por mais quinze minutos, até ajustar-se a uma cidade que o Brasil sabia a caminho da loucura. À insinuação de que ardia em fogo o berço em que nascera, a aeromoça recolheu no rosto a mesma contrariedade que antes estivera em Antenor Couto.

No hotel, a secretária mostrou-lhe as vantagens da altura, dali apreciariam a cidade como se voassem. A certeza de que o viam em harmonia com o poder, sem tornar-se voraz, lisonjeava AC. Havia agora em sua vida uma nova escala musical a que obedecia. E, tomado pela emoção, falou à secretária em francês para assim ela estimulá-lo a enfrentar o inglês.

Mas, surpreendendo Antenor Couto em direção ao fundo do mar, já desencorajado por inúteis braçadas, ela própria adotou um inglês com sintaxe latina, tropeçando nas palavras em que a sabiam mestra. Ele aprovou tal fracasso aceitando champanha e canapés previamente encomendados para quando se sentasse naquela poltrona reservada aos hóspedes ilustres.

Uma garrafa não bastou para a sede dos dois. E sempre que outra lhes vinha à porta, transferiam a hora das despedidas. Sob o pretexto de consultar a agenda, centro nervoso das esperanças de AC, ia ela ficando no quarto, até que lhe foi sugerido instalar-se ali como em casa, a partir daquele momento ele seria seu hóspede.

Ao despertarem na mesma cama, as roupas dispersas no chão, ela folheou voraz a lista telefônica. Mas, como o brusco movimento destacava-lhe a beleza que a noite havia escondido, Antenor Couto ordenou champanha a pretexto do café da manhã. Sorveram quantidade que os levasse de novo ao leito, e, pela madrugada, tomando da agenda contra os seios ligeiramente dourados, ela disse:

— Já perdemos o primeiro dia.

Tratavam-se com cerimônia. De senhor e de senhorita, como os notáveis de Carlos V. Entre suspiros removiam os prováveis compromissos da agenda. No quarto dia, no prédio da São João, AC envergonhou-se de uma propriedade que, além das marafonas, rufiões e traficantes, há muito não dedetizavam, as baratas seguiam pelo elevador com preguiça de usarem as escadas. Salvou-o da humilhação haver deixado a secretária no hotel. O administrador indicava os problemas a minarem o organismo de cimento, muito tempo levaria para repará-los.

— Mas, não tem importância. Ainda que nuas e rasgadas suas paredes valem uma fortuna — olhou-o fundo nos olhos.

Afogou a desdita na penugem loira da secretária. E enquanto aguardava os telefonemas sonhados no Leblon, ela preenchia as últimas linhas da agenda, lamentando, quase a abandonar-lhe as páginas, não dispor de um segundo volume naquela noite ainda.

Antenor Couto despertou disposto a que o Brasil lhe reconhecesse os direitos. Traçou fronteira entre ele e a secretária e, de terno bege, aceitou a generosidade paulista sob forma de uma fatia de mamão. A secretária comovia-se pelos planos traçados no Rio de Janeiro que afinal ganhavam luz.

O motorista no carro cuidava em não transpirar, sempre evitando as cercanias da São João, celeiro de reminiscências e prosperidade, que talvez o patrão quisesse esquecer. Às três, encerraram o passeio.

Já na suíte, ela redigia o segundo volume da agenda que destilava letra miúda e tinta preta, quando o telefone soou pela primeira vez. AC advertiu-lhe que não atenderia mesmo se ao aparelho estivesse o presidente de Usiminas, com quem recentemente almoçara no Montecarlo.

A secretária repetia: sinto muito, que pena, uma próxima vez, claro, seria um prazer, muito obrigada. Absteve-se ele de indagar as razões dos lamentos, que o executivo de Usiminas sofresse solitário o dissabor da rejeição. Fiel ao acordo, ela não lhe prestou satisfações. Atendia às chamadas que pessoalmente encomendou à telefonista com expressões e palavras idênticas.

Ao oitavo dia, Antenor Couto lamentou os excessos de tal agenda, queria afazeres amenos. Autorizou à portaria o cancelamento dos convites que impusessem banquetes e discursos. Sensível às evoluções do mercado financeiro, cujas normas previra antecipando-se ao pensamento do Ministro, abanava a cabeça. A fortuna crescia-lhe durante a sesta.

A dois dias de regressar ao Rio, chegou um telegrama, o carimbo urgente. Tomou do envelope, suspirou, e disse, antes de passá-lo à secretária: nunca deixam em paz o homem de fortuna. Ela cheirou as bordas, sondou sua origem, mutilou-o com a tesoura. Na poltrona, AC media a distância entre ele e a cidade. E enquanto a secretária preparava a primeira das muitas malas, não a apoiou na hora da crise, ou regalou-a com um lenço que lhe enxugasse a testa. Ela apertava a agenda com ardor, que não fosse ao chão. Logo a agenda onde se instalara o coração de Antenor Couto, região nevrosada, também com ricos vasos, de batidas que divulgavam sentimentos e ritmos alternados por todo o corpo. Decidira cuidar do coração de papel sem lhe permitir espaço em branco. Tecia-lhe uma vida que se ia transferindo sempre para a próxima semana. Na vida dos dois não existiam horas que desperdiçassem sem consequências fatais. Tomava pois do coração de AC e o preenchia com horários, compromissos, para ele pulsar selvagem.

O Sheraton solidarizou-se com os motivos que impunham a partida. Sobretudo diante da sua insistência em saldar as noites previstas na reserva. No avião, concentrado nos problemas, pedia pressa ao Comandante.

A secretária tomava-lhe o pulso, receava as consequências de uma vida atribulada que não tinham como afugentar. As viagens se sucederiam, assim como os almoços no Museu, jantares em Roma, até que alcançassem um dia o Hotel Pierre. Ela prometia com o olhar segui-lo de perto, recolher os triunfos antes que esfriassem. Uma compota sem dúvida que provariam com pequenas colheres de prata, e seriam modestos. Jamais abandonaria a agenda, que era o coração dos dois. Ou esqueceria de providenciar telegramas redigidos pessoalmente com o propósito de inquietá-lo e trazê-lo de volta a casa, de onde novamente planejariam a próxima semana.

O Sorvete É um Palácio

É UMA EXALTAÇÃO NOVA esta de agora. Desmancha os nervos e me deixa terna. Logo eu que perdi a vida entre risos nervosos. Aqui estou a estremecer, mas sem ir ao chão buscar ciscos, segurança, falsas emoções. Serei ingrata com a vida só porque quero afastar os galhos que desequilibram uma árvore solitária?

Ah, como a memória é uma carícia fugaz. Confundo datas, acontecimentos, e as raras mãos que pousaram em meu rosto. De quem era mesmo a mão que me fez sofrer quando se afastou? Tudo parece irmão do vento. A verdade é que jamais identifiquei os meus pertences nesta imensa herança sem nome que é a terra.

Na praia, provei do sal e da alegria. Esquecida do espelho a proclamar que a carne não é mais um sortilégio para as mulheres de minha idade. Mas, por que deveria eu assustar-me com o tempo, este calendário desprezível. Que compromissos tenho com ele? Desço os degraus com a mesma contrição de quando ainda estava a subir. Talvez o pai responda por tal desprendimento. Instigou-me desde pequena a enfeitar as estrelas, e não é nossa missão na terra adornar com volúpia e açúcar-cande este bolo que nos foi legado?

Sou de Câncer, e não de Capricórnio. Nos meus aniversários, o pai ia-me ao coração com um corte de seda comprado na Casa

Gebara, que eu logo esfregava contra o rosto. Nenhuma pele jamais se igualou ao fio do bicho-da-seda. Ele me queria sorrindo antes do café quente. E quando vinham os convidados eles se abrigavam sob o telhado de lágrimas e júbilo de nossa casa. Tínhamos quintal e mangueiras frondosas.

Os solteiros mereciam atenção que o pai fingia dissimular. Passava por eles algumas vezes antes de recordar seus nomes. Escondia a ansiedade junto ao guaraná e à cerveja afundados no fundo do tanque, entre o gelo recoberto de jornal. Aos domingos, treinava o discurso destinado ao pretendente que chegasse primeiro. E me dizia, nunca se sabe o que a vida vai exigir de nós, a qualquer momento me pedem a sua mão e junto seguirá o seu destino.

Só depois de muitos aniversários percebeu que ainda não se havia marcado data para ele levar-me ao altar. Com a dignidade ferida pela longa espera, passou a dizer às visitas que não tinham motivos para ficar, a menos que quisessem muito. Já não escovava o terno escuro com o ímpeto de antes e engordou.

Mas este homem é diferente. Me trouxe o sobressalto, tenho o coração entre os dentes. E não que seja bonito, ou jovem. Suas pernas intrépidas trotam como um cavalo árabe pelas areias de Copacabana. E seu pudor resguarda as intimidades do corpo dentro do calção largo por não querer ferir o olhar alheio com as próprias exuberâncias. Mas, de que exuberâncias estou a falar, meu Deus? E que parte do seu corpo poderia ferir-me se me chegasse com amor? Sua vida aflora a todo instante sem prova de esgotamento. Seguramente o ditame do seu coração é de colher flores da areia povoada de banhistas.

Ao seu lado, não sinto medo. A própria vida fortaleceu-se desde que o vi pela primeira vez nesta manhã. Adivinhou-me os sonhos, enxergou nas minhas pupilas o deserto, as dunas, os xeques, a história da minha vida. E assegurou-me pelo olhar que, embora nós dois atados ao Brasil, não havíamos perdido o direito de inventar outros continentes sob as asas do amor.

Foi com voz delicada que me consultou, preciso de dinheiro para a minha pequena indústria, quer ser minha sócia? O seu pedido intuía a minha carência, e que eu o seguiria em noite enluarada. A plenitude do mar estava ao meu alcance, apesar dos bichos de areia afligirem o meu sexo e eu não ter como socorrê-lo. Não quero que ele me julgue sem pudor, uma mulher de prendas desoladas, nada tendo a defender. Não, meu coração é teimoso, jamais deixou de apurar-se só porque lhe faltou o afeto.

Sem dúvida, é um homem modesto, mas seu caráter é de tijolo rubro. Seu olhar estimula-me a misturar à mostarda do cachorro-quente um pouco de aventura. Para que, ao visitar o passado, eu possa preenchê-lo de mentiras. Ou deixar a terra por instantes, sempre que queira. Tudo nele insinua que acompanha firme e contente a fantasia, do mesmo modo que vai à cozinha e sorve de um só golpe o café da xícara.

Com sua ajuda, estou-me dando conta das vezes que fui ao passado, e que o medo não me deixou chamá-lo deste modo. Quem sabe não o terei visitado todas as manhãs, de onde emergi unicamente para transitar livre pelo presente, a que cheguei sempre com algumas horas de atraso. E me pergunto se terá sido bom, ou terei por isto perdido as melhores horas da festa.

Recompensou-me os devaneios abrindo o seu peito. Por ali passeava-se como por uma avenida sem-fim. Vi-lhe o coração, as artérias que o pranto e os anos distenderam, tudo que havia dentro eu vi. Os três filhos na escola pública, a mulher a acusá-lo de haver escolhido uma vida sem esperança. De nada servindo que ele lhe prometesse o dia de amanhã com uma casa enfeitada de flores.

Diante do espelho, a mulher ia contando os cabelos que lhe caíam em excesso, do mesmo modo como sua dor ia ao chão em queixumes. Encolhida nos trens da Leopoldina, ela responsabilizava-o pela humilhação sofrida em qualquer parte que fosse. O Brasil era um látego para ela. Ser pobre aqui é despojar-se de nome, alcunha, de qualquer apelido que nos redima na hora da morte. Sua alma trajava-se de negro. Irritado, ele dava-lhe as costas, o que quer ainda, mulher, que eu passe a roubar?

Bastava-lhe atravessar o túnel, em direção a Copacabana, para perder a família. Como se pisasse o paraíso. Tudo abrigava os seus sonhos. Os rostos afogueados e a areia em fogo. Sentia-se o deus de tridente na mão nascendo entre espumas. De volta a casa, dava-se conta dos encargos. A cara da mulher denunciava a realidade. Mas que realidade é esta que ela não enfeita e obriga-me a carregar nas costas como um contrapeso de alcatra? É bem verdade que a casa pequena mal comportava os móveis feios. Não tinham cortina dessas pintadas onde os olhos descobrem ramagem, nervuras das folhas de uma primavera promissora. A mulher extraía-lhe o brilho do rosto destilando indiferença ainda que o visse mudando de roupa, a querer um gesto de carimbo. Jamais passou a mão pelo seu pijama listrado, antigo orgulho seu. Foi comprado nos áureos tempos da Ducal. E quando me deito, ela se põe de pé. Pareciam combinados. Para não se esbarrarem. Nenhum relógio os surpreendia agora no leito. Sua confissão me provocava lágrimas. De que beleza era capaz. Isto de dizer as coisas de modo que não se afundem no chão, antes fiquem na superfície e possam ser vistas para sempre.

Não é feliz, ousei perguntar. Sou feliz como pode ser um homem que fabrica e vende sorvete na praia de Copacabana. Ah, Copacabana, também o pai e eu, contrariando a vontade da mãe, exultamos quando da nossa última viagem de trem. Nunca mais voltaríamos ao subúrbio, lar de toda uma família. Eu não me conformava em vir a Copacabana e logo ter que voltar, deixando atrás as marcas do sonho. Pensava o tempo todo, um dia venho e nunca mais saio daqui. E me alimentarei exclusivamente de ilusões e mistérios que nos estão a faltar à mesa de jantar. Como eu, o pai mergulhou no mesmo sonho. E juntos, muitos anos depois, decidimos abdicar da casa tangida pelas memórias, em troca do apartamento reduzido. Só que a vida em Copacabana entrava pela boca em doses incontroláveis, e não eram nossas as bocas que se alimentavam desta vida.

Quis tomar sua mão, provar-lhe que aquela geografia do Rio conquistava-se a duras penas. E que ao confessar seu fracasso irmanávamos como membros da mesma família. E não se tratava do fracasso que extrai penas e pelos do corpo, e mergulha-nos no soluço. Ou que decepa cada metade da hora que nos cabe viver. Não, jamais perdêramos o direito de pisar com os dois pés o próximo domingo. A felicidade anunciava-se sempre que deixássemos para amanhã o que não se pudera viver na doçura de um dia chuvoso. O nosso fracasso aconselhava-nos a não gritarmos com a intensidade que nos teria, quem sabe, aliviado para sempre.

Pergunto-me, às vezes, se o pai vivesse me estaria aplaudindo. Talvez creditasse minha complacência às novelas a que assisto, todas arrastando para dentro da sala a vida alheia, que é tudo que ambiciono. Por que será que prefiro viver a vida do outro à minha própria? Acaso não há no mundo uma só alma capaz de ocupar-se dos próprios interesses e aliviar-se? Ou viver será transferir para o outro o que é nosso por direito. E esta é a essência das novelas, o único capítulo possível da existência. Assim é o esplêndido domingo de uma vida que a Janete Clair melhor que ninguém descreveria.

Ele ameaçou despedir-se. Esgotara-se o estoque de sorvete naquele dia. Seu problema era fabricar e escoar o produto ao mesmo tempo, contando com dois empregados apenas. Logo que melhorasse, ou confiasse na humanidade, arrumaria um sócio. E olhou-me suplicante. Mas, eu empenhava-me unicamente em não convertê-lo em mais uma lembrança. Ambicionava prolongar aquele instante por toda a vida, ainda que através de um esforço penoso. Afinal, uma vida se organiza mesmo de modo precário, não obedece a regras. Assim, se eu lhe estendesse a mão, ele ficaria. E nunca em troca de uma imagem que me humilhasse. Queria ele pensando, que mulher fina, dá gosto apreciar.

Só quando me senti familiarizada com a areia, e graças a ele que me ensinara seus encantos, perguntei, não está com fome? A luz dos seus olhos estimulou-me a prosseguir, a vida está tão cara, melhor que venha a minha casa para um lanche. Embora não fôssemos contar com o pai e a mãe desaparecidos nos últimos anos. Eles teriam sido os primeiros a aprovar um novo amigo à mesa.

Aceitou com uma cara límpida, sem riso safado. Ah, eu não teria suportado, Deus sabe que não quero falsas aflições, mas um homem capaz de interpretar meus sentimentos, serei acaso a última flor do lácio?

O lar para mim é terra sagrada, onde tudo se molda ao nosso gosto e afeição. Esta porta deve escancarar-se unicamente aos que se dizem solidários com a causa humana. E já não será ele um amigo de casca fina fortalecida pelo sol de Copacabana? Sim, eis um homem que se recusaria a fazer meu corpo vibrar à custa da minha alma ofendida. E não me terá finalmente chegado o momento de sorver o fundo da taça sem temer os efeitos do seu veneno?

Às vezes, procuro descobrir a exata medida do sonho. E se seria eu capaz de indicar com quantos centímetros arma-se uma ilusão de modo que seja hexagonal, que é farta e duradoura. Não sei com quantos sonhos entreti-me desde a infância. O pai corrigia-me, não se devem acumular sonhos com a mesma cobiça com que os outros reservam moedas de ouro. Jamais me acusou de o ter privado dos netos. Cuidava da minha solidão acrescentando-lhe esperanças, ainda que a mãe lamentasse meu desprestígio através de bufadas com cheiro de alho e dentifrício.

Só que agora era diferente. Havia encontrado um homem perdido no deserto, arrastava as pernas pelas trilhas abertas por outros banhistas e ainda assim mantinha-se gentil, seguia-me pelas ruas sem ao menos indagar quem eu era, se vivia em apartamento próprio, para melhor avaliar minhas riquezas, e não me apalpava o braço a pretexto de socorrer-me.

Apenas escolheu a poltrona do pai. Antes de morrer, o pai havia confessado, lamento abandonar a poltrona onde durante anos me iludi com a Monarquia. E esta frase não me definiu sua vida, ou traduziu-lhe os sentimentos. O que teria querido dizer exatamente? De repente, na poltrona do pai, o homem me esclarecia que o pai jamais aderira à causa monarquista, pois nunca dera vivas ao Imperador, quando nada lhe impedia. Simplesmente havia ansiado pelo poder que os da casa não lhe asseguraram e de que não quis privar-se em sonhos.

Precisou o sorveteiro aquecer a poltrona com o seu corpo popular para afinal eu exaltar a ordem natural das coisas. E sem a qual, quer no exílio, quer em outro sistema constituído, eu não seria feliz, ou poderia aplaudir o instinto do homem instalado na poltrona do pai que não se prestava apenas para ler jornais, repousar, mas especialmente para experimentar o inefável sentimento do poder.

Prefere um cafezinho, ou suco de maracujá? Tão concentrado em si mesmo, ele não fazia ruído. Antes eu tivesse mandado pintar a cozinha, já a descascar. Por ali não se poderia passear a descobrir as delícias de um país estrangeiro. Estávamos mesmo cingidos ao Brasil, prisioneiros desta imensa nação. Mas, por que será que estou sempre pendente do país alheio, da paisagem remota, do rosto na calçada contrária. Serei eu mesma o tempo todo?

Contrário a mim, ele é sólido. É o próprio retrato a qualquer instante. Mesmo distraído. Se de repente eu lhe tocasse na campainha da vida, estou certa, ele mesmo responderia à porta. Então, ele se basta tanto a ponto de proibir que um outro se aposse dele?

Está bom de açúcar? Ensinado pela mãe a ter boas maneiras, seu dedo mindinho parecia a alça de uma xícara. A pobreza fortalecera-lhe a educação. Mesmo em Copacabana, ambos éramos bem-educados. E bebendo depois o suco, disse, parece maracujá da minha infância, muita água e açúcar campista. É, sim, nasci em Campos. Aplaudi-lhe o nascimento numa cidade cortada ao meio por um rio fiel. É comum na Europa as cidades divididas em duas, uma margem pobre, uma outra próspera.

Também você deixou fugir pelos dedos este tempo áureo? Ele olhou-me sem entender, o rosto embaçado. Quis-lhe explicar, sou rara como os frutos dos trópicos. Mas a confissão mais ainda me perderia. Eu era quem armava a vida com palitos de fósforo. E podia ser amiga porque o coração abrigava mel e deixava-se cortar em dois. O mundo eu levava para casa como um pedaço de bolo, cada palavra querendo dizer justamente o contrário. E terei por isto mesmo ficado solteira?

De nada servia desculpar-me. Pressentia outros estragos. Se quisesse desfrutar do calor daquela poltrona, o homem teria que se acostumar. Ele acenou a cabeça, consentia que à minha idade eu fosse feliz. Escolhi a poltrona da mãe, a três metros da sua. O pai e a mãe impuseram entre eles aquela distância. No corredor da casa, ambos conversavam sem apostar no futuro. Eu apreciava aqueles amantes que por recato escondiam o prazer vivido em certas datas. Com que discrição não lhes rangera o colchão!

A timidez do homem insinuava uma paixão concentrada no sorvete que suas mãos construíam diariamente, o sabor frio desfazendo-se na língua solitária. Descrevia um sorvete como os palácios marroquinos dos filmes de Maria Montez. Todos de mil volutas embaralhando a compreensão geral. Havia inúmeras portas que vencer até o trono real. Ambos visitávamos a África do Norte, a muçulmana, cujas narrativas excedem a um ano. Para contá-las, há que ter a vida nas mãos.

Servia-se da baunilha, do chocolate, do rubro morango como areia molhada a deslizar pelos dedos. No espaço armava torres, agulhas, flechas de todos os feitios. E porque falava da própria criação, que é um espinho no coração, a doce transparência do sorvete me fazia sofrer. Ah, meu Deus, com que direito a tudo dou uma imagem contrária ao que vejo, não me bastando a vida como realisticamente apresenta-se. Sou grosseira e rude ao atribuir-lhe formas que ela rejeita, não está no corpo da vida abrasar-se com semelhantes engenhos. Mas, não será o sorveteiro uma realidade a que posso dar crédito real? E tendo ele estado aqui, à minha frente, não reforça assim o meu pensamento, que é toda a aparência do meu desejo, ou simplesmente o caramelo que o enfeita?

Você mesmo constrói os seus sorvetes? Lá me escapou a pergunta mortal. De novo feria os humildes. Quem sabe ele deixaria a casa sem tempo de ajoelhar-me à sua frente pedindo, por favor, perdoe a minha poesia, tudo é você em palavras que eu te devolvo. Eu respeitava aquele arquiteto a erguer um mundo frágil pela força da sua vontade. A lidar com formas que o calor desfazia. E se eu lhe dizia *construir*, é porque pensava no Niemeyer, que também sonhara com sorvete.

Confessou-me não saber viver longe do mar. Sentia-se um caçador de pérolas obrigado a viver na terra, para quem o sorvete era a doce lembrança de uma corrente marítima. Disse-me, trato o sorvete com cortesia, especialmente quando uso tintura para reforçar a palidez da fruta. No dia em que não faça mais uma criança sorrir, vou vender abacaxi na feira. Já pensou se também nós tivéssemos a casca vergonhosa e briguenta do abacaxi?

Quis-lhe dizer, quem sabe nos amaríamos não fosse pelo medo de quebrarmo-nos como um cristal? Quando ele gritaria, não repita esta blasfêmia, acaso desconhece o valor de uma pele delicada e lisa? Mas ele distraía-se como se a pele humana dispensasse reparo, existia só o sofrimento da carne. Apegou-se mais à poltrona, ora falando dos filhos, ora do provisório amortecimento dos dedos provocado pela temperatura do frigorífico.

Da mulher, falava devagar. Há muito não se encontravam em uma esquina onde, entre abraços, descobririam uma casa comum aos dois. Só falta a gente se separar, ele disse. E me pareceu que confessava eu te amo. Eu suava, como suportar sozinha o encontro com a felicidade. Mas logo o meu coração envergonhou-se de uma alegria que não se proclamava de modo a ele ouvir-lhe o alvoroço, o eco de uma esperança.

Aquele amor podia ferir-me, ou fazer-me feliz para sempre. Se vivesse, o pai me abraçaria por aquela estima outonal. Embora dirigida a um homem que vendia um produto julgado menos nobre.

Pai, ele é um criador, pensei comovida. Meu Deus, o que será do Brasil se lhe roubam o imaginário?

Senti uma aragem, o pai assoprando-me, concentre-se apenas no bolo nupcial que a faça feliz. Ofereci-lhe mais café e biscoitos, queria-o livre para abandonar a poltrona. Ele resistia, ensinava-me que antes do júbilo exporíamos nossos padecimentos no meio da sala?

O sol o calcinara, e eu o refrescava como nenhuma outra mão antes o fizera. Descrevia-me a rivalidade entre os passageiros da Leopoldina e os da Central do Brasil disputando as sobras à foice e martelo. Um dia, muito próximo, lutariam pelos trilhos do trem, pelos vagões de aço cuspindo fogo e gente. Falava com sentimento de honra. Nos torneios medievais sobretudo vingavam-se tais afrontas. Tive vontade de chorar diante de um homem com alma de mulher. E que por isso combinava baunilha com chocolate. Ah, os irmãos Grimm que de tudo faziam açúcar. Grimm, não, Monteiro Lobato, corrigi com arrebatado ufanismo.

Sorveu outro cafezinho com ruídos de um beijo sôfrego. Então é isto paixão, consultei, e a resposta amoleceu as minhas coxas protegidas pela saída de praia. Temi que vendo a minha aflição ele provasse o quanto o amor, acima mesmo da esperança, exigia nada menos que as raízes descascadas de uma árvore, a verdade ferida de um retrato antigo. Como que me recomendava imobilidade, o gesto contido, logo a mim que ouvia encantada a sua história que unicamente pretendia confessar que a partir daquela data meu destino era a felicidade ao seu lado.

Feria-me a força da vida. Ah, se o pai e a mãe testemunhassem a aflição do prazer que afasta de nós os outros mortais. Quando virá novamente? disse para que me soubesse à sua espera. O sorvete era a alma do homem que eu ia amando. Mesmo que se derretesse, sua habilidade reconstituiria a forma perdida. Eu jamais o livraria de uma imaginação que lhe ensinara a lidar com a transparência de um sorvete.

Nervoso, ele andava pela sala. Talvez me quisesse amar ali mesmo. Parecia um perdigueiro cujo coração tinha as batidas do trote. Também eu me inquietava. De que modo agiria um homem acostumado a criar um mundo apenas com água, açúcar, leite, frutas, essências raras? Este homem era a hora da madrugada quando meu peito sobressaltado compreendia o alvorecer. Seus atos tão claros que eu o vazava com uma lança, da sua carne não sairiam o vinagre e o sal que ferem. Quase gritei, mate-me a sede com o sorvete das suas mãos de fada.

Ofereci-lhe, no entanto, a poltrona da mãe, substituindo-o na do pai. Quem sabe nossos corpos na troca não nos seguiriam, e, na poltrona do pai, eu usufruiria do seu arrebato. Deste modo amando-me ali mesmo, eu a pedir-lhe cuidados, ele fazendo-me ver que o vasto e inexplorado corpo da mulher também produzia morango, pistache, êxtase e seus cremes. E não é assim que se encanta ela com o próprio corpo? E quando o seu amor sempre rigoroso me fizesse sofrer, eu aconselharia prudência até habituar-me à dor de ser amada.

Enquanto pensava na dor de ser amada, ele descreveria a sua mulher para eu entender que a luz de tais palavras difamava a escuridão do corpo da companheira. Os olhos brilhantes, eu me via assaltada pelo prazer de sua confissão. Excitava-me que corrompesse a mulher com a verdade, e confessasse que ainda a suportava pelos filhos e pelas vezes em que tomaram sorvete juntos na praça, e pago com as moedas do seu capricho e da sua tenacidade.

A mulher sempre o recriminou por gastar dinheiro com bobagens. Ele defendia-se, que outra ilusão lhes restava? Ela recusou-lhe a mão, ele pedia que fizessem as pazes, afinal haviam fabricado, mais que a memória do sorvete e do pão diário, os três filhos. Ali estavam eles provando o quanto seus corpos agitaram-se na cama, embora sufocassem os gemidos do amor áspero e condenado pelos vagões da Leopoldina.

Eu quis gritar, não me fale mais desta mulher. Ele voltava à família, ao sorvete, sua vocação de artista. Aos domingos, estou sempre na geral, sou um geraldino. Insinuava-se escravo dos apetites, capaz de perder-se na carne e na paixão futebolística. Não queria transferir-me de modo grosseiro a carga de um amor impossível. Mas, por que impossível, se a partir daquela tarde não haveria um só dia sem a sua sombra, sem a memória do ontem, tudo que me ajudasse a recuperar o tempo perdido. E suas mãos encantadas dariam relevo às protuberâncias do meu corpo do modo como trabalhavam o sorvete com a pá de madeira. E não seria ele capaz de resgatar a beleza de um dorso, o reflexo de um púbis dourado?

Ele pediu desculpas, era tarde, não podia mais ficar. Precisava enfrentar o trem da Leopoldina, ali se congregavam os irmãos menores de uma ordem pobre. Desenhava um mapa cheio de acidentes. Havia cascatas, rios, perigos, talvez para assim eu oferecer-lhe a chave da porta, antes da chave do meu corpo. Voltei do quarto com moedas e notas, tome um táxi desta vez, fique também com esta chave, sempre esteve no chaveiro do pai.

Dei-lhe a mão, amanhã seria meu de novo. Hoje ainda dormiria com a mulher. Sua última viagem pelos trilhos da Leopoldina. Só mesmo a timidez o impedira de confessar que eu era o sorvete a que adicionaria baunilha, amora, todas as volúpias. Seguramente a memória que buscava com a mesma avidez com que se destrói sem querer um vaso de cristal. Nada, porém, impediria que viesse de novo a mim, me tomasse nos braços, me lambesse devagar até o desfalecimento. Ainda que tenha esquecido a chave sobre o aparador da sala e precise apertar a campainha da porta. Eu o ouvirei a qualquer hora. Quase nunca saio.

Disse um Campônio à Sua Amada

SE O DINHEIRO NÃO bastar, eu aposto o coração. É uma moeda que também tem preço. Arranco do peito e fresco ainda jogo ele sobre a mesa para juntos ouvirmos as batidas de um órgão que me fez te amar desde a manhã até o anoitecer, para ao teu lado comover-me com as lágrimas que hás de derramar, sem dúvida, pelo meu sacrifício. Mas, se ainda assim achares que nem um coração despeja o sangue com que esperavas nutrir-te por muitos anos, podemos ir em busca de outras partes do meu corpo, não me importo que justamente você me tome os pedaços, não há ali o que já não te cedi adiantado.

E isto desde o primeiro dia em que te conheci. Veio-me então da boca um grunhido de raiva por conta da perdição com que teus olhos me ameaçavam. Primeiro fingindo não me ter visto, depois já não podendo mais disfarçar, ruborizou-se de modo que tua inocência me envolvesse com fios de lã e arame. Senti-me um bucaneiro destronado, com algas e polvos nas mãos. Em ti eu enxergava ao mesmo tempo, e isto apesar das adversidades, um ombro amigo e um ninho onde esconder a cabeça das intempéries.

Não sei qual terá sido seu primeiro passo em falso. Sei que a mim mesmo proclamei imperativo que o inimigo era você e não eu. Pois não tem a criatura o direito de sucumbir ao que lhe arrasta a alma pelo chão sem ao menos resistir, usando para isto cota de ferro, gritando por socorro. Só porque lhe oferecem à porta uma vida de aventuras que excede aos próprios sonhos. A loteria do amor.

Se ela é a minha perdição, há de perder-se comigo, escrevi no bilhete que até hoje arrasto na carteira, para não esquecer. O papel desfaz-se entre os meus dedos do mesmo modo como evitas entregar-te às minhas mãos.

Desde o início tudo em mim organizava-se para uma paixão sem limites. O amor cravava-me ao solo, tinha ambições de viajar ao centro da terra. Obrigando-me a caçadas onde buscasse, além de bisões extintos, uma flora esquecida, um mundo mineral em abandono, os sentimentos enfim que as trevas e as normas proíbem. Ia o bem-querer me iluminando, enquanto este amor detonava a ordem das estações.

Com os olhos eu te dizia, seja bem-vinda à casa dos meus sentimentos, a esta casa secreta feita de sal, folhas, açúcar, cacos de vidro. Mas eu sabia das dificuldades. Todos os gestos e palavras fortes estavam proibidos. O teu próprio nome, enigma de ti mesma, escapava-me, era um dardo no meu corpo. E eu o seguia, como hoje ainda. Só para pronunciá-lo, que sua sonoridade ressoasse em mim. Uma vez que você é o território das coisas e das pessoas. E não identifico o que não cabe nos teus limites. Talvez por isso cerco-me de armas, já pelas manhãs, os teus cabelos sobre o travesseiro. Sei que és implacável, o teu objetivo é o centro do meu corpo. Ali acampas e ali transgrides. Exerces o poder de que necessitas. A vida ali está, e você bem sabe. Caminhas firmes, mastigas os obstáculos, em minha direção. Te suplico, não, não avances mais. Peço *libera nos a malo*, mas você é de uma geração que não aprendeu latim, nasceu com a missa traduzida para um português sem encanto, desprovido de magia, carvão e fogo.

Lembro-me de quando entraste no meu carro pela primeira vez, logo pediste a direção. Até então eu havia sido o timoneiro do próprio destino. Mas, o que querias, a velocidade, o desmando, ou a minha morte? A vista escureceu-me, solidário eu com a minha própria sorte. Felizmente, o calor da tua chegada devolveu-me a vida ao mesmo tempo. Eu me dizia, acaso morro e vivo unicamente para testemunhar um amor que se quero pronuncio seu nome, dou-lhe endereço, e junto seguirão flores?

E, no entanto, quanto mais te via, jamais te enxergava toda. Devia sempre completar o que faltava, uma vez que tanto havia que eu, sim, mal sabia onde encontrar-me. O passeio pelo teu corpo tornou-se o caminho da terra. Mal me refazia dos teus precipícios, e lá esbarrava contra os seios. Pequenos, sólidos, neles minhas mãos pousaram a primeira vez por muito tempo. Lembra-se? E quando depois de não sei quantos dias consumidos nesta travessia completei a coleção do teu rosto, que pelos detalhes ricos e luminosos compunham um dicionário, descobri ali faltar o verbete amor. Socorri-me rápido no Aurélio, que também não me salvou. O Mestre não te previra, amor. Desde então passei a te inventar com um direito conquistado por um corpo que se vem deixando ficar em pedaços pelo caminho.

Quantas vezes você me chama de selvagem. Embora hesite em enumerar as tribos brasileiras, por falha de memória, ou claudique o seu orgulho nacional. Agride-me com a certeza de que jamais receberá batismo cristão quem ainda mergulha nas entranhas maternas com o propósito de não esquecer a doçura do primeiro leite. Justamente este leite que me impulsiona a seguir-te pelas ruas, só para você se recordar que, pisando a terra, esta terra será em seguida decifrada pelos meus passos.

Quem sabe me chamas de selvagem porque te beijo como você quer, o que te impede de reclamar a própria custódia. E que culpa tenho, vamos, admita, ah, e sou selvagem ainda porque fecho os olhos bebendo champanha enquanto arrebatos verbais esgotam a última gota no cristal de vinte e três vibrações. Medito, então, ser selvagem para ela é um alívio, e para mim uma carga. Ou será para ela o retrato do seu amor, e a certeza do meu destino.

Claro que origino de uma montanha onde se apascentam ovelhas e cabras, sempre sob a proteção do cajado, maçãs, e do pão de milho, e enquanto dura a luz natural da terra. Posso pois arrancar meu coração para satisfazer a tua vaidade. E o que não faria para afirmar a tua beleza? Não quero dúvidas quando te olhes no espelho, este lago traiçoeiro que por mim dispensarias, para se consultar unicamente em meus olhos, amigos, sofredores, e mais velhos.

Você ri quando lhe asseguro ser a única referência do teu corpo. Meu corpo é meu corpo, diz você querendo falar, isto sim, domínio. Finjo não perceber, peço reconsideres, como admitir o próprio corpo se o meu não te confirma a pele, o gosto de sal, as pulsações da vida nos extremos nervosos, os olhos que se cerram com estremecimentos repentinos. Você resiste, não insista, não importa o que conquistes em mim no futuro, sou a única a avaliar a própria beleza, mesmo porque há muito você está perdido pelo amor.

Não, não é pelo amor que me perdi, te enganas muito. Estou no mundo refazendo-me graças ao nascimento familiar. Sou de raça antiga, esta é a verdade, os nossos tonéis de carvalho abrigavam vinho tão espesso, que bastava bebê-lo para os lábios inscreverem na parede palavras imperecíveis. Entre nós a brincadeira era decifre e não me devore. Você ri dos meus exageros. Acusa de ser a fantasia o meu alimento, a forma de resistir ainda quando me querem queimar. Sempre urrei no meio da noite como um cão, divisando sombras mentirosas, apesar dos fios dourados do teu cabelo.

Esta paixão pela terra chegou-me com a límpida água da fonte, eu que a cuspia para limpar os dentes. O avô foi o primeiro a ensinar-me a perder partes do corpo com elegância, especialmente se justa fosse a causa. Dizia sorrindo que nem as emendas do destino podiam transformar um homem. Eu era de pedra e junco, devia assim ficar. Eu cedia-lhe o sorriso que o fizesse saber que havia compreendido. Com você, porém, é diferente. Rio temeroso de não rir na manhã seguinte. Embora teu rosto se ilumine quando pulo inesperadamente as janelas, corro ao seu encalço numa esquina distante da que havíamos combinado encontrar, quebro o vidro do teu carro, só para deixar-te bilhetes e gerânios, flor de pouca estima.

E beijando teus dentes impecáveis pergunto, onde está a minha alegria se da boca me vêm igualmente suspiros, palavras tristes aos borbulhões. Você não acredita, diz como pode ser triste quem amanhece amando vorazmente a terra. E é verdade, mesmo se te perco, a terra é minha, foi presente de berço. Tomo-a pelas manhãs no braço, para a terra e eu sentirmos os impulsos deste amor. Mas, não te entristeças, que te amo também, e tanto que o coração está à disposição, para o teu garfo e a tua faca, para o serviço de prata, para o sacrifício e o prazer, sei bem que a caminhada em tua companhia é longa e áspera.

Não pense que vou perder-te. Se você sair correndo, eu tomo o bonde e vou atrás. Todo meio de transporte é acessível ao amor. Só voltaria derrotado se você gritasse cansei de te amar. Nunca mais me verias. Ia me esconder atrás de um rio que te tivesse na outra margem. E ainda que falassem de teu nome, eu te pensaria morta, porque você me teria matado primeiro. E não adiantaria tocar-me o ombro em tabernas amigas, onde o repasto uma vez foi comum a nós dois. Eu te olharia talvez, não poderia evitar que se fizesse a nossa história, mas desmancharia qualquer enredo pedindo licença para instalar-se, para todos os efeitos eu não havia estado na mesma sala, apesar do cheiro arrebatado do teu perfume que teimoso instalou-se em minhas narinas.

Não ria, por favor, se me perderes uma vez, perderás para sempre. Eu nunca voltei igual para os objetos quebrados. Ajudo a reconstruí-los, para benefício de minha memória e de meu futuro, mas aos meus olhos são jarros enterrados na terra. Mas eu te tenho pensando em não perder-te. A minha paixão reconstitui a morte e a transfiguração. Uma falta de ar que deixa a memória entrar, quando necessita que a vida me invada.

Tudo me arde, sou uma sarça ardente. Então te arremeto bilhetes pelo correio, alguns seguem direto para o teu regaço, ali os deposito enquanto dormes. Penso, como sou leviano não cuidando do que escrevo se ela toma a si a tarefa de valorizá-los. Eu porém me descuido da escritura. Só cuido do amor, este sentimento carnívoro, gordo, de vísceras fartas, dentro cabem farinha, feijão, pimenta, lágrimas, ah, os teus beijos e o cheiro da agonia. Tenho vontade de furar com alfinete o balão do sentimento. Porque é uma esfera de gás, sabia? Sobrevoa os obstáculos da terra. Pois tudo é geografia. E não será o amor também um acidente geográfico, um istmo, um conjunto de ilhas a quem chamam península?

Ah, amor, não fique triste, que este mundo é todo teu, de todas as ilhas você é a mais bela, intransigente, cercada de amorosas silvestres. De rochedos difíceis, eu te vejo, como os de Dover, impecavelmente brancos. Eu passo perto como alado, dando-lhes bicadas, estralando os dentes, me desplumo, quero armar ninho e sou expulso. E você gargalha para o mar, porção generosa do teu signo.

Por natureza, você é amiga das águas, enquanto alio-me à terra. E sempre que ingênuo penso-te em terra firme, qual o quê, envias bilhete rabiscado sobre a líquida superfície da tua baía amada, e que jamais recebo.

Como ler a tua ortografia marítima, quando a palavra se forma de sonho, devaneio e infinita indecisão pelo futuro. O futuro é a tua obsessão. Eu me contento com o presente, ainda que mergulhe no passado para caçar algumas imagens que me cede ele em troca de alimentá-lo com as sobras mal vividas do dia de hoje. Só que não posso, sinto muito. Se recorro ao passado é para despertar pelas manhãs sem súplicas, quando teço um cotidiano de rendas, bordado, em que tudo cabe, nada dele seja expulso. Ao passado, vou sim, como a um cinema, vejo a fita, cada filme, ainda que o mesmo, parece-me sempre diferente. Aí decido viajar, emplumado e novo. Você irrita-se que eu desapareça cumprindo fielmente a minha palavra de ausentar-me tantos dias. Não regresso senão no prazo determinado. Não quero jamais que você desconfie de minha palavra. Apesar de líquida, e nadar exaustivamente nos fins de semana, você anseia pelas coisas firmes, quer sejam pedras, casa, tijolo, ou o olhar direto que surpreendes em mim.

Você finge não ligar quando te traem, te mentem. Diz, a vida é assim mesmo, acaso não sou adulta para compreender, acaso não traí e escarrei em rostos incautos? A verdade é que você quer o meu peito rasgado todas as noites, pela alegria de ver-me em brasa, certa de que o seu barco ancorado em mim vê a palavra minha cumprir-se. Exiges de mim muito mais que confessas. Eu te entendo, me queres padecendo em troca da segurança. Deste modo, disponho-me ao sacrifício, para modelar o leito em que repousarás aliviada. E talvez porque devas aprender a sofrer enquanto choro. Não me chame de mesquinho. Afinal, você quis diluir os meus sentimentos, fez-me crer que eles ocupam modestos aposentos da casa, sem direito ao teu salão, onde me ofereçam o cafezinho.

E, no entanto, basta que me olhes com esta mirada de mel, com que as abelhas te regalaram visando à corrupção, e com a qual nutres e envenenas ao mesmo tempo, para que te siga e admire. Como me fascina este poder que me faz buscar as vitrines que vendem pedaços de minha alma. Quero a perdição que só você me assegura. Da qual emerjo com a volúpia de te decifrar. O que há com o amor primaveril que o verão espreme entre os dedos? Sob o império da tua inocência, alimento-me ao longo da semana.

Ana acusa-nos de sermos criaturas da caverna simulando elegância. O certo é que o amor impõe excessos, assim não indagues até quando existiremos um para o outro. Assusta-me esta luz filtrada pelo sol. Não consigo ver à distância, para te responder. Intuo que esta ânsia de mutilar pedaços do corpo, como prova de amor, corresponde à incerteza do dia de amanhã. Um amor ferido combatendo os anos.

Às vezes, abandonas a terra firme a nado. Suplico então que voltes, não vês que sou o único a alimentar o teu grande sonho. A trovoada traça o roteiro de nossas almas, a chuva sempre foi delicada conosco. Será que a tua vigília é para não perder o amor que consideras delicado, o arrebato que nos obriga a madrugarmos, e nos levará à queda final?

Jogamos com a dor, ambos sabendo que a tua sombra há de soterrar-me por muito tempo. Meus escombros te seguirão ainda que vivas num palácio de cristal, de cristal para que passando ao largo eu te enxergue através da transparência mantida a álcool e algodão. Como contrariar este seu riso de medo? Se você quiser o coração, em pedaços que seja, eu te oferto. Lamento que brinques com um rosto que na quarta-feira será uma terna lembrança.

Quando me ameaçaste deixar, eu te escrevi. Todas as palavras incluí na carta. Não cuidei de corrigir o estilo. O estilo não é o homem, é a sua dor. Deixei-a na casa de Ana, portadora do meu agravo até o teu peito. Em casa, aboli os roteiros que me levariam a você. E vigiava-me para ter orgulho. Até que rasguei as cordas com os dentes e exigi de Ana a carta de volta. Quero o pergaminho, o texto morreu, por muito tempo as palavras não terão sentido. E disse-lhe, aceitas o tesouro do meu apartamento, constituído da *acquavit* com que ela e eu forjamos fantasias? E que nos amamentou por uma estação, e qual terá sido, meu Deus?

Ana pediu paciência, a carta por si solucionaria o amor desastroso. E recusou o fel da bebida que celebrou o sentimento humano. Foi então que no meu destino de camponês consenti que a garrafa ficasse no apartamento, para testemunhar esta carta.

Não sei onde você está agora, daí te propor o coração. Você diz que volta, acho porém que está a nadar em qualquer enseada, com veleiro à distância. Ah, sempre me faltou carta marítima com que medir os anseios das tuas correntes atlânticas. Como imaginar para onde segue quem usa braços e pernas para fugir, e recusa as árvores e as dunas humanas, o nosso silêncio.

Amanhã é sexta-feira, talvez regresses para tomar meu coração. Como das outras vezes. Só que a cada volta tua, e sempre que te oferto o coração, sinto que te tenho como se te perdesse. Tenho-te apenas o tempo de acostumar-me a perder-te para sempre. Assim, te faço discreto pedido, não me arraste contigo quando te fores. Ou não me aceites, ainda que te peça para seguir o teu caminho. Não quero despojar-me de um coração que te ofereci com tanta opulência. Mas, se o quiseres realmente levar contigo, deixes ao menos algumas de suas fibras em minha casa. Com elas apenas hei de encontrar um outro retrato vivo que, sem me desprover, há de me fazer derramar lágrimas de alegria, enquanto eu lhe esteja propondo os últimos pedaços de coração que meu corpo sedento de amor ainda produzirá.

Do teu camponês que se despede sem saber que é para sempre.

A Sereia Ulisses

De sunga vermelha, Antônio arrastava-se pelas poltronas, como uma jiboia. Eu lhe pedia, ação, homem, mas seus gestos frouxos não se retesavam. Também ele sabia vingar-se. Descrevia baixinho meu corpo como sendo uma cruel pistola contra a sua testa, pronta a assassiná-lo. Mesmo assim, porque era cínico, saboreava agradecido o café adoçado com açúcar e ferro-gusa que lhe levava à cama, quando o deixava amanhecer em minha casa. Nessas horas, entretinha-se com a minha camisola de crepe negra que devassava um corpo que sua retina arrastaria para o escritório, ou para onde fosse, logo que me deixasse atrás.

Eu queria a luta, sobretudo afiar as unhas na pele humana tão sensível às farpas. Sempre julguei necessárias as pequenas maldades. Como prêmio, Antônio aplaudia-me a elegância que lhe afagava o orgulho. Eu era uma fêmea com medalhas. Ele via-me bela, destinada à fantasia. E, de tal modo, que poderia até, e unicamente sob as asas da fuga e do sonho, importar tecidos do oriente, humanizar a agonia de inventar adornos ao simples gesto de empilhar pedrarias e fios de prata sobre a mesa.

Mas, sempre que Antônio surpreendia-me ao espelho retocando as pestanas, ostensivamente desprezava as minhas veleidades, assim como a própria beleza. Uma vez que ele na terra estava com o único objetivo de atingir a verdade. No meu ímpeto de touro, lá eu o chamava de imbecil. Acaso não havia visto o pavão de porcelana que me decorava a cômoda e que, igual ao homem, uma espécie sem dúvida contraditória, só atingia o esplendor ao arrastar às costas as cores do arco-íris? Ele refutava a comparação. Para começar, a natureza do homem sempre primou pela simplicidade, tão funcional que dispensava adornos. Em todas partes do corpo que se tocassem, logo elas davam acordo de si, e este capricho, sim, bastava ao macho. Gritei-lhe furiosa, e o bigode, como é que você explica este capricho? Ah, o bigode obedecia simplesmente a uma circunstância histórica, às tramas do poder. E, condescendente, perguntou-me, acaso estes fios de vassoura piaçava irritam-lhe a pele?

Eu sabia da arrogância masculina. Assim, desde menina, deixei os homens à minha espera, para que perdessem o brilho da vaidade. E a inquietação pelo meu atraso os deslocasse dos seus sólidos eixos. Queria que, sob a expectativa de um prazer que unicamente se excedia quando cercado de arame e proibições, mergulhassem em uma incredulidade povoada de minúcias vorazes e sem ordem de entrada. Infelizmente, todos eles, educados na lógica, apesar da fome que tinham pelo sangue e pela paixão, não venciam a esplêndida odisseia de uma narrativa inimiga de qualquer sequência e noção de tempo.

Com Antônio, fui implacável. Ao não suportar mais o seu suor que se azedava no esforço de me amar, exigi que raspasse as axilas. Ele reagiu, cheiro é amor, não me amas então? Sentia-se desrespeitado, a sua virilidade ameaçada. Em breve, você exigirá o meu rosto, e o que há de me sobrar? Afinal, obedeceu, sem me perdoar. Vi-lhe o alívio quando o apresentei ao homem que vinha substituí-lo no leito sem ao menos haver suspeitado de uma aliança selada na surdina da noite. Podia agora buscar as mulheres que enaltecessem as virtudes das suas bagas amargas.

Foi assim que fui repelindo aros, anéis, cordéis, barbantes, compromissos. Fugia dos amantes rabiscando a parede com batom: morreu a tia, sou agora rica e independente. Bastava escrever estes avisos, para meu nome surgir no testamento de um parente recentemente falecido.

Comecei a temer uma desculpa que me cobria fatalmente de luto. E como a sorte e os sucessivos mortos já me haviam bafejado com a fortuna, passei a lutar pela conservação da família. Não queria despojar-me dos rastros de uma origem que justamente fortalecia as minhas narrativas, todas impregnadas de disputa, honra aviltada, mortes misteriosas e bodas de Caná.

Ao partir para a França, a família que me restava permaneceu no cais até que recolhessem a âncora revestida de ferrugem, sal e tristeza brasileira. Quem sabe temerosos que ao apito do navio eu trocasse o mar pela terra. Acenei-lhes com dois lenços, cada qual homenageando um ramo familiar. Netuno batizou-me no meio das águas. E o Conde de Chirac livrou-me dos excessos da festa com seu lenço de seda, em seguida propondo-me casamento. Viveríamos na província, sua família tinha o hábito de trancar-se na propriedade rural, da qual saía para lamber as uvas com a língua, os pés, e com a ilusão nascida da vindima.

Apesar de tanta nobreza, recusei um estado que em nome de vinhos sábios despojava-me da vitalidade. Não era mulher de bordar numa colcha iniciais eternas que me seguissem do casamento à mortalha, sem antes danificar a costura. Dava-me prazer entrar por uma janela e deixá-la pelo calor da casa vizinha. O sol sempre confirmou meu destino andarilho. No alçapão, eu debatia pelos espaços amplos. Desfiz-me dos avós, pai, mãe, maridos, com alpistes e migalhas de pão enquanto me afastava.

A prática de quebrar grilhões instruía-me a sucumbir às tentações e ao mesmo tempo substituir o cavalheiro que quisesse no meu corpo constituir ninho, botar ovos de andorinha. Mas, o que podem significar estas minhas modestas aventuras diante das adversidades das telenovelas. Elas, sim, capazes de registrar a vida, impondo suspiros e modelos que, até então, trancados no coração, aguardavam revelação. Chorei quando a Janete Clair obrigou o Maestro di Lorenzo a abandonar o país em busca da própria identidade, a purgar solitário as incompreensões de uma aristocrática família. Quis escrever-lhe, insinuar à autora que se excedia, talvez não se dando conta, e que minha intervenção era amistosa, não pretendia por pura ambição desviar os rumos da sua história.

Confesso que sou vulnerável e cheia de labaredas. Pronta a enfrentar o inimigo com lança e elmo. Mas, foi com astúcia que expulsei o marido da cobertura de Ipanema. Bem que ele não queria sair. Havia avisado, não adianta agir no escuro, ou sob a proteção da vela, ninguém é homem para me expulsar daqui. Marcou-me o braço com a brasa do beliscão e da ofensa. Deixei que saísse vencedor. Durante uma semana jejuei, queria ele repousado sobre a minha fraqueza. Trazia-me frutas obediente à tática de que ao inimigo também se alimenta. E, porque eu mal reagia aos seus cuidados, ele adormeceu. Em verdade, dormia como um anjo quando botei fogo no colchão, na cortina, antes tendo o cuidado de avisar aos bombeiros.

O marido venceu as chamas de cueca. Pessoalmente abri-lhe a

porta do elevador para que se salvasse. No pátio, os vizinhos suavizavam-lhe os danos com a certeza de que saberia reconstituir o futuro. Mas, quando o olhei firme, para ele não se perder na piedade humana, e soubesse quem havia ateado fogo à casa, não quis acreditar. Apelou para amigos comuns. Não é possível que ela chegue a tais extremos!

Os amigos batiam-lhe às costas, não podiam inocentar-me. Ou garantir-lhe que eu abdicara da desforra. Viu-se só, acossado pela dúvida e o pânico. Da próxima, usarei outras armas. E, como prova do meu espírito guerreiro, espalhei pelo quarto tesouras, alicates, aparador de grama, um bisturi emprestado. Sob a ameaça da noite, fechava os olhos. Julgava esvair-se em sangue. Resistiu três dias.

O advogado aconselhou-o a não dar queixas. Seria incômodo explicar que a mulher, para livrar-se do marido, incendiara o apartamento. Melhor largar os bens com ela e aceitar a versão do acidente e a apólice da companhia de seguros. Ao arrumar a mala, ele quis despedir-se, sejamos civilizados. Não sou civilizada nesta cidade desnaturada, e recusei a reconciliação. Dois anos depois envieilhe uma corbelha de frutas, legumes e salame como presente de casamento. E o bilhete, é para você não passar fome, agora que sustenta duas casas. Ele telefonou, você não toma jeito, ouvi-lhe a respiração acelerada.

O amor para mim nunca ultrapassou uma estação. Eu resplandecia no verão, as narinas mergulhadas na maresia, tudo me impulsionando a viajar. Quando obedecia, sempre prometi festejar a minha volta aos primeiros sintomas da primavera. E constantemente telegrafava, não queria a família ansiosa pelo inventário.

Os amigos sempre aceitaram a versão que faço de mim mesma. Foram eles os primeiros a saber do meu rapto. O bilhete com o pedido de socorro chegou-lhes dentro da garrafa que fiz deslizar pelo rio atrás da casa. E porque o raptor imediatamente identificou-se como antigo vizinho que me amava de longe data, adverti aos amigos que não se apressassem, viessem um mês depois. De nada eu tinha a reclamar, o tratamento era fidalgo e o corpo flexível do homem sussurrava-me à noite os motivos da violenta transgressão.

Um mês depois, às cinco horas, pedi liberdade ao raptor. Esgotara-se o prazer daquela temporada. Ele não aceitou, será para sempre minha prisioneira. Mas, como aceitar o serralho se tenho a alma cheia de asas? Não há porta e janela da casa que se abram ao seu comando, disse-me, com a cintura vergada pelo acúmulo de chaves. Na *bergère*, eu sorvia meu gim-tônica: o mundo se arruma mesmo contra a nossa vontade.

Às cinco e quinze, três carros invadiram a propriedade. Aos gritos, reclamavam a prisioneira. A prisioneira era eu cercada de aflições e joias da família de quem me havia acorrentado para ter-me por toda a vida. Os amigos exigiam detalhes. E enquanto eu enriquecia minha lenda com pormenores que se cravassem na imaginação popular, uma súbita dor tomou-me a garganta, foi crescendo o desejo de ser de novo prisioneira da vontade de ferro daquele homem. Quem mais me havia amado com volúpia e exagero a ponto de cortar-me as asas e impedir-me o voo? Descrevendo tal paixão, a paixão do homem tornava-se a única com que sonhei e jamais vivi.

Corri à sua casa. Sou sua prisioneira. Tenha-me outra vez trancada a sete chaves. Ele não quis ouvir-me. Você negou o meu amor. Mas, eu nem sabia que era amor! É tarde demais para revivê-lo, assistia à televisão de robe vermelho. Insisti, experimente o meu amor, não é assim que sempre me quis, despojada e só arrebato? Pediu licença, precisava arrumar-se, teria visitas naquela noite. Por que deixou de amar-me? supliquei-lhe. Despedindo-se indicou o rio atrás da casa. Se ao menos não tivesse usado o rio da minha infância para trair-me!

Bem que Dona Nadir havia-me avisado, evite banhos de mar, cruzeiros, a água não lhe assentará nesta temporada. Não se entristeça, filha, em breve surgirá o homem da sua vida. No baile de Iolanda, fui de máscara negra. Ela havia dito, venham fantasiados, reviveremos a corte de Pedro I, o libertino libertador. Era fácil prever que as mulheres iriam de Marquesa de Santos, assim fui de Pedro I. Uma originalidade festejada por todos logo que se derreteu minha máscara de cera. Francamente, que originalidade é esta que não ousa abandonar os limites da história oficial do Brasil? E por tais palavras os convivas me aplaudiram.

Unicamente Pedro de Alcântara Miggioro lamentou: se eu fosse embaixador, apresentar-lhe-ia minhas credenciais. E quais seriam, disse-lhe, informada que viera de São Paulo, rebento de família quatrocentona e de imigrantes chegados no último barco a atravessar o Atlântico. Ah, Imperador, isto é segredo de alcova, sorriu-me galante. Aceitei ser o Imperador por dois dias. Ele tocava a campainha e eu confidenciava, através da fresta da porta, não insista, o cerimonial condena-nos à solidão. Rindo, ele afirmava, breve proclamaremos a República.

Aceitei afinal que a Monarquia derrotada regressasse ao berço português. Vivi em seus braços os festejos da revolução republicana. Passávamos em revista a história brasileira à medida que sensibilizávamos cada parte nova dos nossos corpos. Assim, vencemos o verão, a primavera, o outono, o inverno. Não mais recordo a ordem das estações. Tratando-se de Pedro Alcântara Miggioro, o tempo atuava em sentido inverso. E as ondas do amor podiam arrastar-nos por todas as partes.

As amigas ameaçavam: esta felicidade não dura muito. Eu batia-lhes o telefone, o que sabiam da vida, se haviam sempre se alimentado de ervas e de medos. Ele deixava bilhetes debaixo da porta desculpando-se pela pressa que o arrastava à própria casa, onde por dois dias meditaria sobre o nosso amor. Eu me queixava, por que não me entregara o bilhete pessoalmente garantindo-se assim que eu leria suas disposições testamentárias. Ah, se eu visse você, ainda que negligente, triste, pálida, me faltariam forças para penitenciar-me com a saudade. Ninguém melhor que Pedro de Alcântara Miggioro conciliava a transparência dinástica de um vaso chinês com a turva espessura da paixão.

Ventava quando completamos um ano de amor e pensei, sinal de mudança, nenhuma folha velha vai agarrar-se às árvores. Ele veio. Próximos à janela, agarrávamo-nos com temor. O rádio transistor anunciava que a falta de energia devia-se a estragos na estação central. Acho que está na hora da despedida, disse-me em prantos. Chorando, também, recusei, juntos enfrentaremos o destino. Não se deixou convencer. Sigo amanhã para a Europa, sinto-me já no exílio, um rei destronado. O que houve para querer ir tão longe, levando às costas, em roteiro inverso, as naus de Cabral, cujos nomes esqueço agora?

Pediu desculpas, apesar do nosso amor, jamais lhe contei a minha vida. Fiquei abalada, que vida havia que eu ignorava? Janete Clair vencia onde eu não podia triunfar. Então, você é o meu Maestro di Lorenzo, também em busca de identidade? Recusava-se a depor. Não insista, por favor, um segredo perde suas propriedades quando conhece a voz humana, ou transforma-se em texto.

Pedro de Alcântara Miggioro escapava-me dos dedos. Vou ao encontro do destino, ouvi suas últimas palavras. As amigas afugentavam as amarguras rondando pela primeira vez o meu prato de sopa. Não quero ser amarga, não quero ser amarga, divulguei. Refrescavam-me a testa com pano molhado, enquanto eu pregava o dilúvio, as águas por todas as partes. Desesperada, ameacei alguns lares com a minha luxúria. Para logo devolver arrependida o pecador ao tálamo conjugal.

E quando terá o próprio lar? pediam-me que eu sossegasse. E o que é o lar? Este enigma que vocês me trazem à porta como se eu já não tivesse um abrigo sobre a cabeça? Trata-se de uma mistura de tijolo com afeto, disse Antônio, agora de axilas abastadas. Sorvíamos chá debatendo o dissabor do sofrimento. Você foi perder justamente o único homem que amou.

E se não o tivesse amado, ainda o teria aos pés? Antônio tranquilizou-me, certamente eu o teria derrotado. Sílvia uniu-se a nós para o chá que esfriava. Dizem que ele está em Paris, age de modo que pensem que ainda não chegou, nem as malas desarrumou. É verdade? Que me trocasse por Paris, posso até perdoá-lo. Agora, abandonar-me para não estar em lugar algum, fingindo que Paris não existe, isto é uma indignidade. Seguiremos para a Europa. Vocês são meus convidados.

Antônio procurava Pedro de Alcântara Miggioro obedecendo às senhas transmitidas por amigos que defendiam o anonimato. Nosso encontro devia, pois, ser casual. Numa esquina, ou bar. Durante uma semana as pistas terminavam em casas vazias, ruas sem esperança, e no ar o cheiro da sua lavanda. Até que o contínuo da embaixada brasileira, atraído pelo dinheiro prometido a quem me fizesse ver o fugitivo cara a cara, garantiu-nos: depressa, ele toma o trem das sete para Roma, e não volta mais.

A locomotiva estava prestes a partir. Pedro, Pedro, onde está você, as vozes de Antônio e Sílvia engrossavam a minha, para constituirmos um alto-falante. Pedro veio à janela, esforçava-se em responder se amara Paris ou não, se me havia deixado por aquela cidade, e se acaso a tinha para sempre aninhada em sua memória. Tocando-me os dedos com zelo, assegurou-me uma felicidade intraduzível em palavras: saberei de Paris quando estiver em Roma: não há outro modo de descobrir onde se esteve senão afastando-se do objeto de nossos sonhos: é assim que, neste instante, estou vivendo o nosso amor, agora que tudo está terminado.

A fumaça do trem e as lágrimas não me deixaram apreciar sua gravata, seus últimos gestos, enumerar-lhe o número de malas. Chorei até o hotel. Antônio e Sílvia tomavam-me a mão: o que lhe disse Pedro de Alcântara Miggioro para sofrer tanto? Custei a falar, ele me amará para sempre, a mim e a Paris. Somos sobras do mesmo sonho. No Leblon, eu pedia, agora que este amor é eterno, não nos preocupemos mais com ele. Desfrutava do orgulho de ser amada até a morte.

Após o casamento de Antônio e Sílvia, dispus-me à aventura. Bastou estacionar o carro em cima da calçada, para o guarda me multar. Ele redigia com a firmeza de um braço forte. Quem sabe ali estava o modesto aceno da liberdade. Por onde é a sua ronda nesta noite de lua? Sim, para que eu o socorra dos perigos, perguntei. Ele deteve o lápis no ar, suspendeu a multa e deixou-me na portaria. A solda de chumbo interposta entre nós não cedia à alta temperatura, eu estava entrincheirada na riqueza.

Acordei testemunhando contra os meus interesses. Mereço um tribunal, mas que crime poderia incriminar-me e ao mesmo tempo acelerar um processo condenatório? Mas, quando uma amiga insinuou que a vida faz sofrer sem merecimento, protestei. Pedro de Alcântara Miggioro foi o melhor sofrimento de minha vida. E ela, quem sabe ele volta ainda. Nunca, eu não o aceitaria. Comove-me a sua memória, jamais a sua presença.

Disposta a punir-me com os limites do meu domicílio, arrumei os móveis de maneira a esbarrar em todos sempre que deslocasse pelo apartamento. Queria corredores estreitos, progredir pelos labirintos. As visitas aplaudiam os obstáculos vencidos. Mas eu via a minha vida empobrecer-se entre a beleza, o brilho e a audácia. No domingo, desmanchei a decoração da casa. Lá estivera eu novamente a brincar com o gênero humano. E telegrafei a Janete Clair: você tem razão, a alma brasileira revela-se precisamente debaixo da Ponte dos Suspiros do Recife, e isto enquanto os esbirros assassinam princesas de sangue real, mergulhando nas águas do canal as carnes jovens e iludidas: agradeço por dizer-nos o que somos, considerando-se que é tudo o que nos permitiram ser: com admiração, disposta sempre a defender os seus enunciados estéticos ao preço do meu sacrifício, subscrevo-me: PN

Batizei num domingo a filha de Antônio e Sílvia. Com que água, do Nilo, Jordão, Negro, ou Sodoma? Apreciaram o humor cingido à história do homem, de que não me livrava mesmo nos momentos solenes. Meu regalo foi régio, um apartamento lacrava a emancipação da menina já na pia batismal. Ambos abraçaram-me, é sua filha postiça, não é? Tratei de desaparecer seis meses, há muito descuidara-me da realidade. E porque, diferente das outras vezes, não enviei notícias, os amigos me temeram sacrificada por uma tribo da Oceania.

E por que não estaria ela em Nova York? Impossível, alguns respondiam, é a cidade da comunicação, o paraíso do videocassete. Ali, você mata sabendo que estão filmando. A família ameaçou ir à polícia. Antônio e Sílvia resistiram, como penhoraremos os seus bens, se ela ainda vive, em algum rincão da terra seu peito agita-se com paixão?

Em novembro, fui recebida com choro, poeira e queixas. Em represália, adoeci. Estava necessitada de caldos fortes e enfermeiras atentas. A enfermeira do dia é delicada, corteja o sol. A da noite interrompe-me o sono temerosa de que eu perca interesse pela vida. A ambas agradeço um tratamento que me prende à cama após desertar dos grandes feitos. Este verão me terá em seu leito ardente. Até sarar de uma voracidade que me arrancou pedaços da unha sem anestesia.

Apesar deste exílio parecido ao de Pedro de Alcântara Miggioro, recordo às vezes, mesmo contra a minha vontade, o bilhete dentro da garrafa que deslizou pelo rio atrás da casa do meu antigo sequestrador. Redigi seu texto com as mãos trêmulas, o bico da pena ameaçando secar. Suas palavras ainda me assaltam, como se as tivesse escrito hoje: em trinta dias exatamente, às cinco horas, quero três carros resgatando-me à porta da mansão cuja localização segue no desenho ao lado, pois menos de três viaturas não assustariam o corpo rijo de carvalho que me mantém prisioneira: a vida na prisão é doce, enquanto não se sabe prisioneira: até quando suportarei o regime de amor e de batata no almoço e no jantar? venham dentro do prazo ajustado, nunca antes: escutem, por favor, as batidas do meu coração, deixo que se agite para também vocês se beneficiarem das suas intensas manifestações de vida: se for possível, escrevo-lhes amanhã renovando o pedido de socorro e conclamando este insano bem-querer à existência: a vocês, meus leitores de sempre, da sua amiga: PN

Ah, naquele tempo eu estava viva.

O Calor das Coisas

Os vizinhos o chamavam de pastel. E a mãe, enternecida, repetia, meu pastel amado. A alcunha devendo-se à gordura que Oscar jamais combateu, mesmo através de rigorosos regimes. Certa vez viveu de água por cinco dias, sem o corpo reagir ao sacrifício. Após o quê aceitou a explosão do apetite e esqueceu o próprio nome.

Desde cedo, habituou-se a medir a idade pelos centímetros da cintura em acelerada dilatação, borrando os anos festejados com bolos, feijoadas e travessas de macarrão. Por isso, sentiu-se logo velho entre os jovens. Sobretudo porque nenhuma roupa disfarçava as suas protuberâncias. Se ao menos usasse saias godês, esconderia aquelas regiões do corpo que lhe davam forma de pastel.

Insurgia-se constantemente contra um destino que lhe impusera um corpo em flagrante contraste com a alma delicada e magra. Especialmente quando os amigos admitiam sem cerimônia a falta que ele lhes fazia junto ao chope gelado. E só não mastigavam Oscar ali na mesa do bar por temerem as consequências. Mas beliscavam-lhe a barriga, queriam à força extrair do seu umbigo uma azeitona preta.

A casa se ensombrecia nos aniversários. A mãe apagava a metade das luzes. Só as velas do bolo iluminavam os presentes sobre o aparador. Sempre os mesmos, escovas de cabo longo para o banho, pois a barriga não lhe deixava alcançar os pés, e cortes de fazenda de incomensurável metragem. Depois de assoprar as velas, exigia que o espelho lhe mostrasse o próprio rosto constituído de inúmeras trilhas em torno dos olhos, bochechas flácidas, o queixo multiplicado. Via as extremidades do seu corpo como se amassadas pelo garfo de cozinha, com o propósito de evitar que as sobras da carne moída fugissem da massa de farinha, manteiga, leite, sal, de que se formava.

Apesar da sua visível mágoa pelos pastéis, comia dezenas deles por dia. E não os podendo encontrar a cada esquina, abastecia a sacola com óleo de soja, frigideira, pastéis por fritar, e discreta chama que o fervor do seu hálito alimentava. Nos terrenos baldios, antes de fritá-los, afugentava os estranhos que lhe queriam roubar a ração.

O seu corpo amanhecia sempre diferente. Talvez por certas gorduras deslocarem-se para outro centro de maior interesse, em torno do fígado, por exemplo, ou por conquistar às vezes quatro quilos em menos de dezesseis horas. Um desatino físico que contribuía para destituí-lo do orgulho. Do orgulho de ser belo. Em troca desabrochando em seu coração grande rancor contra os amigos que não o tinham ainda devorado naquela semana, apesar de cada vez mais se parecer ao pastel vendido na esquina.

Na hora de maior tristeza, agarrava-se à medalhinha de Nossa Senhora de Fátima em torno do pescoço, sob cuja proteção a mãe o entregara, à falta de uma santa que especialmente resguardasse os gordos. Em casa, assoviava para disfarçar o desgosto. Mas as lágrimas de certos prantos vinham-lhe tão fortes que molhavam o assoalho que justamente a mãe secava. Ela fingia não perceber. Só quando a poça parecia de chuva, como se a água vencesse o telhado, a mãe ia com moedas nas mãos até os amigos escalados para ao menos uma vez no mês acompanhar Oscar ao cinema. Os que aceitavam um dia, resistiam ao próximo, apesar do peso do ouro. E já escasseavam, quando o próprio Oscar, que já não cabia em nenhuma cadeira, desistiu de assistir aos filmes de pé.

Aos domingos, as travessas fumegavam sobre a mesa. Oscar se via no lugar do assado, e trinchado com garfo e faca de prata, em meio à exuberância familiar. Para evitar essas visões punitivas, recolhia-se ao quarto nesses dias.

No verão, seu tormento intensificava-se, pois escorria-lhe do peito, em vez de suor, azeite, vinagre e mostarda, temperos prediletos da mãe, que se comovia ante as graças de tal natureza. Acariciava então os cabelos do filho, extraía-lhe alguns fios encrespados e, no quarto, os repassava um a um, na aflição de descobrir por quanto tempo teria em casa o filho incólume e protegido.

Este consolo materno Oscar recolhia à caixa destinada a estocar as sobras de gordura da sua frigideira itinerante. E, querendo recompensar o sacrifício da mãe a beber-lhe o azeite e o vinagre do peito, sorria para em troca ela exclamar, que beleza o teu sorriso. É o sorriso da euforia, filho. A estas palavras sucediam-se as que lhe feriam o coração e que a mãe, em prantos, não conseguia evitar: Ah, meu pastel amado!

A expressão deste afeto, que seu disforme corpo não podia inspirar, arrastava Oscar para o quarto, amargurado pela erosão das palavras maternas, que só pretendiam atraí-lo para dentro da frigideira abrasada de zelo, paciência e fome.

Previa para si um desfecho trágico. Como abutres, os amigos dispostos a bicar a sua carne. O quadro da própria dor levava-o a ler nas paredes um minucioso balanço dos seus haveres. Duvidava da riqueza da terra. A coluna das dívidas crescera de modo a jamais quitá-las quantos anos vivesse. Aos homens devia a sua carne, porque eles tinham fome. E embora eles lhe devessem um corpo de que se orgulhar, não tinha como cobrá-lo.

Depois do banho, já perfumado, imaginava como seria o amor entre criaturas, os corpos na cama libertos do desgoverno de uma gordura inimiga. Nestes instantes, iludido com algum modesto saldo, chegava a se ver batalhando os adversários. Bastava porém um gesto brusco, para a realidade falar-lhe de uma obesidade em que não havia lugar para a poesia e o amor. E, em seguida, a perspectiva de ser comido com garfo e faca transformava-se na mais obscura questão.

A mãe combatia seus olhos esgazeados, a alma sempre de luto. O que há de ruim no mundo para olhar-nos com esta suspeita? Oscar regalou-a com um broche de platina, que o cravasse para sempre no peito. Da sua carne deviam pingar gotas de veneno e a certeza da própria cruz. Diante do enigma que Oscar lhe propunha, a mãe, que ao longo da vida repudiara as frases límpidas, pronunciou, ah, meu pastel tão bom filho!

Quanto mais ela enaltecia virtudes que, em verdade, ambos desprezavam, depressa Oscar preocupava-se em eliminar das bordas do corpo resíduos que porventura não haviam cabido dentro do pastel que era ele. Finalmente, abandonou os terrenos baldios, onde fritara seus pastéis. Já não tolerava que o olhassem com uma fome a que não podia atender. Não tinha como alimentar os miseráveis. Eles deviam morrer sem socorro.

À medida que se intensificavam suas consultas ao espelho embaçado, o cristal mal o deixava ver o corpo costurado todos os dias pela eficácia do garfo da cozinha. Vestia-se de pastel a cada manhã. Como represália, instalou a sua poltrona na cozinha, dali saindo só para dormir. Atendia às necessidades básicas, e ao novo hábito de espalhar farinha de trigo pelo corpo. Com as cavidades das unhas engorduradas, recebia as visitas ali, forçando-as a alisarem sua pele polvilhada.

A mãe insurgiu-se contra a grosseria. Não queria os amigos expostos a tal provação. Se ele era prisioneiro da gordura, que a suportasse com dignidade. O filho devolveu-lhe a ofensa com os dentes movendo-se como uma serra elétrica, quase triturou-lhe os braços. E seu desempenho foi tão convincente, que a mãe passou a proteger os membros com espessas peças de lã, mesmo no calor. De fora deixava o rosto. E quando Oscar cobrava-lhe a presença ao alcance das mãos, esquivava-se sob os casacos e as botas.

Aos trinta anos, Oscar se cansou. Era sua vez agora de comer a quem indicasse pastel. Se havia se prestado a tal papel por tanto tempo, exigia carne humana para o seu apetite. Designaria a vítima com todo esmero. Embora particularmente se inclinasse por pessoas da casa, o sangue fraterno. E, de acordo com seus planos, fingiu-se de cego, tropeçava contra os objetos, para ter os inimigos distraídos. A mãe pediu socorro aos vizinhos que se revezaram junto a ela na primeira semana, para mais tarde a deixarem só. Com tantos encargos, a mãe adotou roupas leves, esquecida das ameaças do filho.

Por sua vez, Oscar surpreendia-se com os encantos da fala. Nunca o viram discursar com tanto arrebato sobre os objetos que justamente lhe faltavam à vista. Recém-descobrindo ao seu alcance o poder de coincidir a sua fome com uma voracidade verbal que estivera sempre em seu sangue, mas a que não dera importância, entretido em defender-se contra os que o queriam atirar à frigideira.

A mãe cedo acostumou-se à sua cegueira. Tinha-o como um passageiro de um túnel sem-fim. Descrevia-lhe a casa, como se ali fosse hóspede. Queria-o participante do cotidiano, e ganhava súbitas cores no rosto diante da doçura do filho. Foi quando Oscar abriu os olhos, certo de que vencera. E ali estava ela a sorrir, os braços de fora, o corpo exposto. Rapidamente repassou na memória as vezes que ela, movida pela força do amor, chamara-o de pastel, quase a comê-lo. Logo a mãe, que havendo padecido por ele, surpreendia agora no seu olhar um brilho que não era de candeeiro, de alegria, ou de remota verdade de um filho que mal conhecia. O que a mãe descobria no filho era uma labareda empenhada em viver, e um inequívoco jeito de algoz.

Ela ficou quieta ao seu lado. Oscar tomaria as providências necessárias. Enxergava-o como homem pela primeira vez. Ele aproximou sua poltrona à da mãe, que a havia arrastado para a cozinha. Pediu que se sentasse. Também sentou-se, antes recolhendo alguns fios de cabelos da mulher. E só com o consentimento da mãe passou a vigiá-la.

A Sombra da Caça

Embaçados os meus olhos pela névoa e pela poeira do vidro, sinto o peito apertar, e sempre me restam côdeas de pão, e leite, a que acrescento água, antes que termine.

Choro só pela manhã, os olhos filtram a luz que me socorre. E lamento a tua ausência. Que nem o trem e o avião me trazem de volta, apenas tuas cartas me chegam, sempre perfumadas, como tradição familiar.

Sei que você me quer, sempre diz querida mãe, e acho que me comovo. Mas, me pergunto, por que não voltas ao menos uma vez a casa, para chorarmos juntos. Bastaria cruzar a porta para reconhecer os objetos da sala, os mesmos móveis de quando teu pai sucumbiu afinal às coisas terrenas.

A princípio, ele sentia-se aviltado com as cadeiras, a mesa, o armário. Para depois usufruí-los como desejando que nos fizessem companhia até a velhice. Passou a arrastar os móveis pela casa embelezando-os. Pediu que eu o ajudasse. Fingi não ver seus gestos, combatia-lhe a afetividade exagerada, que nos inclinava ao fausto. Ameaçava-o com olhar e faca, descascando laranjas, ele queria a casca no chão para amargurar-me a vida.

Ele sorriu sempre, mesmo com a vida numa caixa de ferramentas. Você se lembra? Passo às vezes os dedos na beirada da cama, teu pai e eu ali dormíamos esquecendo de apagar a luz, onde vocês nasceram. Não fomos raça andarilha. Alguma vez pastor, sim, mas logo que os animais queriam o prado, nós os forçávamos ao repouso. Até que nos estabelecemos debaixo das árvores e aqui estou, tudo leva meu nome, pois agora minha memória é o esquecimento.

Sim, filho, esquecer é repetir as mesmas palavras, a ciência de batizar sem esperança, e ficar mais pobre. Identifico assim o mundo que me restou. Em teu nome, dos mortos, e de teu pai. Conservo, como lembrança, bem dentro do lenço que arrasto para perto do coração, o dia do teu nascimento, aquele instante de renovação e dor, quando se acentuou a nossa pobreza, as paredes a descascarem-se. Eu insisti com o homem, que ao menos uma vez esquecesse o mundo e se devotasse às pompas que eu urgia. De que outro modo eu poderia ficar dentro de casa e sonhar?

Prometeu trabalhar na semana seguinte. Rasparia as paredes, a brocha em cima haveria de iluminar a casa de branco. Eu duvidava da palavra que se dizia de rei. Sempre duvidei da claridade que ele jogava sobre a mesa junto ao pão. Aquela semana se desvaneceria do calendário. E onde estou, filho, que o tempo me substitui? Embalava você no colo, o pensamento voltado para a sua pele de seda. Pela carícia o dedo como que murchava, só o brilho de tua pele de filho empolgava-me.

Pedi então ao homem que vivesse comigo a mesma aventura. Ele te beijou, cheirava como tragando fumo, dizia: o cheiro é a fonte da vida. Suas palavras me venciam, bastava eu descobrir o pêssego para ele comê-lo com a perfeição que me afastava do amor. Não podia deliciar-me com seu rosto em fogo, a coragem de ele possuir em frangalhos o próprio corpo.

Ofendi-lhe o nome, constituí ladainha em que conjurava seus

defeitos, cobria-o de martírio e ridículo, diariamente atirando-lhe dardos e setas, que ele fingiu jamais contar. Era amável, que amabilidade, meu Deus, é esta que fazia florescer minha aspereza? Seja rude, pedi-lhe, ele me depositou flores apenas amanhecendo. Eu gritei, ele me deu as costas, voltando logo como quem não sabe brigar, inventava, onde deixei os cigarros?

Na volúpia da ofensa, não o deixava recordar que havia abandonado os cigarros à minha frente. Jamais o socorri no gesto que se transformasse em prazer. Ele saberia ser feliz sem mim. Uma salvação solitária e eu não o perdoava. Teve sempre condições de armar fogueira sem fósforo, vinha-lhe pelo assovio o pássaro em linha reta, desistindo do voo. E fazia-se amar sem maiores empenhos. Para castigá-lo, então, aboli suas virtudes, exagerava quanto a sorte que naquela casa ia diretamente para ele. Mesmo com a camisa rasgada o rubor de sua face o enaltecia.

Não tem vergonha de ser feliz, quando eu não sou? disse-lhe desconsolada. Passou a mão pelo meu cabelo, foi o único tesouro de minha família, ele explicou, não fiz outra coisa que te oferecer a chave desta mesma felicidade.

Nunca me pareceu ele tão bonito. Eu me via feia, corrompia-me o sal que tragava puro sem auxílio de água. Não adiantam o perfume, batom, carmesim de feira, ou você transportando fios de seda com que me amarrem os pés, disse-lhe, para ele desistir de palavras gratas, com destino de arruinar-me. Sentindo-se culpado, ele zelava por aquela amarga corrente de vida que ainda me permitia andar.

Fui à horta, custei a regressar. Neguei-lhe o prazer de salvar-me no momento difícil. Eu já não o amava, permitira que o amor de longínqua era se convertesse em sentimento cobrando aspereza, espinho, madrugadas. Ele me deixava bilhetes, eu os rasgava sem ler. Você ainda me mata com um arrebato que não tenho condições de absorver, disse-lhe, quando me olhou querendo resposta urgente para a última mensagem.

Você, meu filho, fora o último de nosso sangue a nos bater à porta. Mal podia compreender a desavença que eu propunha ao pai. Cheguei a gritar para você, que crescia e largava-me solitária, então, até você, como os outros, não reconhece a dívida que eu faço questão de que se pague?

O homem pedia, por que a dívida, por que o dinheiro, e para que o caminho certo? É por responsabilidade e a certeza do futuro, expliquei-lhe, transtornada pela chuva. Ele disse, eu te amei sem sonhar que o nosso amor um dia acabasse, e pude ouvir-lhe o pulsar delicado do coração, como se o tivesse amarrado aos dentes. Neguei-lhe o estremecimento do próprio corpo, que ia à agonia pela minha vida, perguntando, e não terminas mais de ter fome, e lá vou eu para a cozinha desfazer-me dos restos do teu prato?

Surpreendi lágrimas pelo seu rosto. Senti a pujança do triunfo, ofendia-o como necessitava para guardar-lhe o rosto crispado de lembrança, um bilhete esgarçando-se pelos anos de manuseio. Olhamonos longamente, não podia ele compreender que eu precisava derrubá-lo para manter a integridade do lar.

Não nos deixe, eu lhe pedi, esta é a única chave da felicidade para mim. Pediu-me explicações, que felicidade é esta que corrompe metais, sem antes deixá-los fulgurantes? Tomei da única prata da casa, passei creme, esfreguei-lhe com a fartura dos meus dedos, exibindo-lhe o brilho afinal. Não adianta, mulher, eu já parti há muito tempo, mas você não percebeu.

Preparei-lhe farta merenda, com precisas indicações para abandonar a casa, também eu o considerava estranho, não o queria na mesma cidade em que a sorte nos unira. Ele beijou os filhos diante de mim, você foi o último, por muito tempo acariciou-lhe os cabelos. Talvez seja melhor assim, ele disse, era passageiro de um bonde que nos leva até onde se sente a emoção que a jugular rasgada por um olhar de amor nos deixa, apesar da alegria.

Meu Deus, um único olhar seu ao menos! Eu o havia amado por toda a vida, ele foi um fragmento de pele que me roçou, e desfaleci porque a vida sangrava diariamente. Eu precisava desfazer os nós do arame farpado sob o impulso do dilaceramento, filho, porque nunca amei tanto o pai como no momento em que o perdi. Meu corpo crivado de volúpia, ouriço, e a mania de perseguir-lhe a sombra através de todos os corpos que me chegassem perto. A respiração do homem guardo num envelope, compassada e triste. Jamais selei esse envelope, não sei a quem remeter o tormento que só a mim me diz respeito. Não posso explicar por que fui seduzida pela dor. Eu estava carente de sofrer, mais que de amar. O amor me comprometia e exilava-me do mundo. E eu almejava a porção contaminada pelo veneno da terra.

Ah, filho, porque te descrevo os meus mistérios, os sonhos do teu pai, que nem sei mais onde vive, ou se já morreu. Mesmo quando o envelheço e traço-lhe um retrato atual, que eu própria não estive próxima para amarelar, e sei que outras mãos afundaram-se em seu corpo, sinto o despeito retocando minhas vísceras, aperfeiçoando-lhes a beleza. Nesta vigília então de sombras e de intestinos eu me faço bela, vejo meu sexo uma terra esplêndida.

Que vergonha, filho, como ouso alimentar-te com os vestígios de semelhante paixão, se mal te nutri de leite, ignoro mesmo se você é homem para suportar os encargos de um rosto atado com feixes e nervos.

Ele cruzou a porta olhando para trás uma única vez, e disse, a porta é a moldura, sabia? Riu delicado, como era capaz na hora de sufocar-me de água que eu não poderia lamber do chão. Se me tivesse agarrado às suas pernas, arrancado os seus cabelos, proclamando aceito a tua chave enferrujada de tanto salitre, convívio humano, o abuso do teu sorriso, mas seja meu, fique no ninho de cacto, conchas e andorinha, ele teria ficado comigo.

Nem ao menos sorri, para ele assegurar-se de um direito que lhe teria permitido regressar quando ficasse doente. Ah, meu filho, atormenta-me imaginá-lo em alguma parte da terra assinalando um trem já indo longe, em cuja janela reconheceu um amigo. Acaso ainda posso pleitear tal amor, que se destruiu com o mesmo afinco com que se levanta a parede de uma casa?

Olho o carteiro todos os dias, ele me saúda pressentindo que seu gesto me ampara a viver. Todas as cartas me equivocam, as suas, dos outros filhos, os cheques que me mandam sempre. Só o homem desistiu de enviar os rascunhos trancados na gaveta da cômoda. Para quem agora assinará os bilhetes da sua perdição? Ou como lava as camisas que se esgarçavam pela ausência de ambição, sua incapacidade de substituí-las por outras forradas de ouro? Temeu sempre que junto ao ouro lhe chegassem suspiros, murmúrios, a imensa tristeza.

Dizia-me, um dia ainda nos entenderemos. Eu lhe prometia, mas que compreensão quer de mim se me foi dado apenas enxergar-te pela metade, minha visão se amesquinha dividindo uma laranja em duas partes, uma vai para a retina, a outra para onde não sei e padeço. Ele apiedava-se, quando lhe vinha a paciência em golfadas, alisava-me o cabelo, oferecia-me uma xícara de chá.

Ah, o vapor das xícaras que me trazia para saciar a intriga. Eu deixava esfriar para reduzi-lo ao infinito. Percebendo a rede de peixes que eu lhe tecia em torno, desfazia-a com palavras juvenis, você é bela, pela tua carne aspiro o cheiro do pinheiro. Fugaz eu me deixava arrebatar, logo afugentando uma generosidade cravada no meu corpo entre espasmos.

Ele pediu, quer ir ao rio comigo, verá que hei de errar a serviço da natureza. Aceitei o convite orgulhosa do seu prometido fracasso. Despojamo-nos de ornamentos, a comida ficou em casa. Mas, apenas com barbante mergulhado no rio, ele recolheu maravilhas, peixes vivos, folhas douradas e pedregulhos escavados pela lentidão de duzentos anos.

Chega, gritei, foi para humilhar-me que me trouxe de longe, do abrigo da casa? Eu quis apenas te homenagear, ele desculpou-se e nos repelimos até o escurecer. Para voltar, recusei a firmeza de suas mãos. Não deixei que me tocasse nessa noite, e nas outras eu me dava fria como os pedregulhos do rio que alguns guardei no bolso.

Ele não reclamava, consentia meu corpo esfriando ao sol. Mas, para exibir-lhe uma alegria que também eu poderia exportar para o Oriente, ofereci-lhe meu corpo, a prova do seu permanente fracasso. De repente, ele não quis. Antes a escuridão, e repeliu a fonte de água mineral, sucos, musgos, os incessantes jorros entre minhas pernas. Venha, assuma o seu destino, falei imperiosa para tragar-me com uma fome que estava em mim, ele que tinha o dever de alimentar-me a qualquer hora.

Não quero o corpo, ele insistiu. Eu o derrubei com a colher de bolo, obriguei-o a ficar na cama. Disse, se não me amar derrotado, jamais me possuirá em momento algum de glória. Veio sobre o meu corpo, coberto de escamas que me arranhavam, raspavam os pelos. Vi-lhe as guelras vermelhas, por ali sua respiração esfriava, sua boca cuspia água do mar, salgada, purgando pérolas deterioradas e algas que devia eu tragar para viver.

Pela primeira vez me amou como um peixe. Não foi como urso. Peixe das funduras do mar, cego pela luz da minha vitória, nadando no meu ventre, vinha e deixava-se roubar, eu pedia fique, fique para sempre, o peixe buscava água insuficiente no meu barril de amor e raiva, não havia salvação para aquela espécie que recusava o meu espasmo. Quando tombou ao lado, não era peixe, sobravam as escamas pelo lençol, pareceram-me madrepérolas. Não me regalou com a aparência de animal que me fosse fácil amar. Podia ter sido por instantes a galinha, ou um ovo por dentro, e nós aninhados entre a clara, a gema e a escama apodrecendo devagar.

Ah, meu filho, estou perdendo o bem da decência, permito-me confissões que não te trarão mais de volta a casa. Você há de evitar o meu olhar. Perdoe-me, não sei a quem dirigir para falar de um amor que nunca existiu, eu o combato até hoje com as unhas do relógio que me vela noite e dia. Sei tão pouco de você, ignoro se o seu perdão é onda de mar, vem e volta. Nada sei de você, menos ainda dos objetos que me cercam.

Que pena que o coração me dói e já vou me despedindo. Te quero com um querer pálido próximo ao querer que me ilumina em torno do retrato de teu pai. O homem me deixou, mas eu o derrotei também. Te abençoo, começou a chover.

Um bilhete rápido, mãe. O pai também te amou. Com a decisão de te matar, embora o mesmo amor o fizesse atar pelas manhãs as patas que te encharcariam de veneno. E te ia salvando no sorriso, no regalo de folhas secas e chá escaldando. Só quando ele morria, quis revelar-me o segredo que o unia a você, desde o nascimento, assegurou-me ele. Você era a sombra e o sol. E porque não volta, pedi-lhe para levar em conta a solidão em que tu vivias, talvez sonhando com ele entrando porta adentro. Disse apenas, há muito soltamos os animais no pasto, não resta um único sonho que colher como magnólia. Toquei-lhe a mão e falei: pai, a quem saio para também abandonar as casas que me abrigaram por algumas horas? Ele disse: a mãe e eu deixamos instruções aos herdeiros para que se encaminhassem até a morte com orgulho e o dente altivo do javali. Foi o que ele fez, mãe. Morreu como se estivesse mais bem nascendo. O que talvez te sirva de aviso que também começaste a morrer. Fez-me ele crer, isto sim, que te amou enquanto restava a vida. Agora não sei se ainda te ama, onde quer que esteja. Se está vivo na morte, ou desperto pela força do teu coração saudoso. Do filho que te quer.

Este livro foi composto na tipologia Caslon 224 BK BT, em corpo 10/15,5, e impresso em papel offset 90g/m^2 no Sistema Digital Instant Duplex da Divisão Gráfica da Distribuidora Record.